ГЕРМАН ГЕССЕ

СИДДХАРТХА. ПУТЕШЕСТВИЕ К ЗЕМЛЕ ВОСТОКА

ИЗДАТЕЛЬСТВО АСТ
МОСКВА

УДК 821.112.2-3
ББК 84(4Гем)-44
Г43

Серия «Эксклюзивная классика»

Hermann Hesse
SIDDHARTATHA
DIE MORGENLANDFAHRT

Перевод с немецкого *Н.Н. Федоровой («Сиддхартха»),*
Е.В. Шукшиной («Путешествие к земле Востока»)

Серийное оформление А.В. Фереза, Е.Д. Ферез

Печатается с разрешения издательства
Suhrkamp Verlag AG.

Гессе, Герман.

Г43 Сиддхартха ; Путешествие к земле Востока / Герман Гессе ; [пер. с нем. Н. Н. Федоровой, Е. В. Шукшиной]. — Москва : Издательство АСТ, 2026. — 224 с. — (Эксклюзивная классика).

ISBN 978-5-17-091562-0

«Сиддхартха» — жемчужина прозы Германа Гессе, на страницах которой нашли свое отражение путешествия писателя по Индии, а также его интерес к восточным религиям.

Местом действия является Индия времен Сиддхартхи Гаутамы — основателя одной из наиболее глубоких и мудрых религий человечества — буддизма. В этой небольшой книге Гессе удалось объяснить европейцам его суть, создать идеальную систему — некий свод взаимосвязанных правил, как нужно жить, как следует исправлять свои ошибки, как найти свое истинное «я».

Эту притчу стоит читать и перечитывать не из-за сюжета и не в поиске новых знаний, а из-за того глубинного понимания мира, ощущения единения с окружающими, которое она дает.

В издание также включена аллегорическая повесть «Путешествие к земле Востока».

УДК 821.112.2-3
ББК 84(4Гем)-44

ISBN 978-5-17-091562-0

СИДДХАРТХА

Часть первая

Сын Брахмана

Под сенью дома, на солнечном речном берегу возле лодок, под сенью ивовой рощи, под сенью смоковницы рос Сиддхартха, прекрасный сын брахмана, юный сокол, рос вместе с другом своим Говиндой, сыном брахмана. Солнце золотило его белые плечи на речном берегу, во время купанья, во время священных омовений, во время священных жертвоприношений. Тень вливалась в черные глаза его под пологом манговой рощи, во время отроческих игр, под песню матери, во время священных жертвоприношений, во время проповедей отца, постигшего многие науки, во время бесед мудрецов. Давно уже Сиддхартха участвовал в беседах мудрецов, упражнялся с Говиндой в искусстве наблюдения, в служенье медитации. Он умел уже беззвучно произносить *ом,* слово из слов, на вдохе беззвучно роняя его в себя, на выдохе же беззвучно роняя его вовне, сосредоточившись душою, с челом, осиянным блеском ясно мыслящего духа. Он умел уже ощутить внутри своего существа атман, несокрушимый, неотделимый от вселенной.

Радостью полнилось сердце отца его, когда он смотрел на сына, смышленого, жаждущего знаний, и видел в нем будущего великого мыслителя и жреца — князя среди брахманов.

Блаженством полнилась грудь матери его, когда она смотрела на него, видела, как он ходит, как он садится и встает — Сиддхартха, сильный, прекрасный, несомый стройными ногами, приветствующий ее с безупречным достоинством.

Любовь трепетала в сердцах юных дочерей брахманов, когда Сиддхартха шагал по городским улицам — сияющее чело, царственный взор, узкие бедра.

Но больше всех любил его Говинда, его друг, сын брахмана. Он любил глаза Сиддхартхи и мелодичный голос, любил его походку и безупречное достоинство движений, любил все, что бы ни делал и ни говорил Сиддхартха, а превыше всего любил его дух, его пылкие, возвышенные помыслы, его страстную волю, его высокое призвание. Говинда знал: не будет Сиддхартха ни заурядным брахманом, ни ленивым храмовым служителем, ни алчным торговцем заклинаниями, ни тщеславным празднословом, ни злобным, коварным жрецом, как не будет и кротким глупым стадным бараном. Нет, и сам он, Говинда, тоже не хотел быть таким брахманом, одним из многих тысяч. Он последует за Сиддхартхой, возлюбленным, несравненным. И если Сиддхартха станет когда-нибудь божеством, если войдет когданибудь в сонм лучезарных, то Говинда последует за ним — его друг, и спутник, и слуга, и копьеносец, и просто его тень.

Все любили Сиддхартху. Всех он радовал, всем был по сердцу.

Самого же себя Сиддхартха не радовал, себе он не был по сердцу. Прогуливаясь по дорожкам сада средь свежести смоковниц, сидя в мерцающе-синей тени рощи созерцания, совершая ежедневное очистительное омовение, творя жертву в глубоком сумраке мангового леса, полный безупречного достоинства во всяком движенье, всеми любимый, всех радующий, он, однако, не ведал радости в сердце своем. Грезы являлись ему и беспокойные мысли в текучих речных струях, в мерцанье искристых ночных звезд, в блеске сияющих солнечных лучей; грезами и беспокойными мыслями курились жертвы, дышали стихи Ригведы, сочились проповеди стариков брахманов.

Сиддхартха начал взращивать в себе недовольство. Мало-помалу он почувствовал, что любовь отца, и любовь матери, и любовь друга, Говинды, не будут вечно, до скончания времен дарить ему счастье, утолять боль, насыщать его, довлеть ему. Он начал догадываться, что его почтенный отец и другие его наставники, а также мудрецы брахманы уже сообщили ему бóльшую и лучшую часть своих познаний, перелили их в его ожидающий сосуд, и сосуд не наполнился, дух не был удовлетворен, душа не успокоилась, сердце не утихло. Омовения приносили благо, но ведь они были всего-навсего водою, они не смывали грех, не утоляли духовной жажды, не унимали сердечного страха. Выше похвал были жертвы и обращенье к богам — но неужели это все? Даруют ли жертвы счастье? И как обстоит с богами? Вправду ли именно Праджапати создал мир? А не атман ли, Он, единственный, единосущный? Не суть ли боги творения, созданные, как ты и я, подвластные времени, преходящие? Так благо ли и правильно ли приносить жертвы этим богам, есть ли высокий смысл в таком деянье? Кому же тогда приносить жертвы, кому оказывать почести, как не Ему, единственному, атману? А где найти атман, где Он обитает, где бьется Его вечное сердце, где, как не в собственном «я», в сокровеннейшей глубине, в несокрушимом, которое всяк носит в себе? Но где, где заключено это «я», это сокровеннейшее, это последнее? Он — не плоть и не кости, не мышление и не сознание, так учили мудрейшие. Где же оно, где? Проникнуть туда, к этому «я», ко «мне», к атману, — есть ли иной путь, какого стоит искать? Ах, и не укажет никто этот путь, никто его не ведает, ни отец, ни учители и мудрецы, ни священные жертвенные песнопения! Всё они знали, брахманы и священные их книги, всё они знали, обо всем пеклись, и даже более чем обо всем; бесконечно многое было им ведомо: сотворение мира, возникновение речи, пищи, вдоха, выдоха, распорядки чувств, деяния богов, — но что проку в этом знании, если не знаешь одного-единственного, самого важного, единственно важного?

Конечно, многие стихи священных книг, особенно в Упанишадах Самаведы, говорили об этом сокровеннейшем и последнем, прекрасные стихи. «Душа твоя — весь мир», — написано там, а еще написано, что во сне, в глубоком сне человек отходит к своему сокровеннейшему и обитает в атмане.

Дивная мудрость заключена в этих стихах, все знание мудрейших собрано здесь в магических словах, чистое, как собранный пчелами мед. Да, немалого уважения заслуживает огромное знание, собранное здесь и сохраненное несчетными поколениями мудрых брахманов... Но где же те брахманы, где жрецы, где мудрые или кающиеся, которым удалось не просто познать это глубочайшее знание, но жить им? Где тот искусник, что сотворит чудо и переведет бытие в атмане из сна в явь, в жизнь, в будни, в слово и дело? Многих почтенных брахманов знал Сиддхартха, и прежде всех — своего отца, чистого, сведущего в науках, весьма почтенного. Отец его был достоин восхищения, спокойны и благородны были его манеры, чиста его жизнь, мудра его речь, изысканные и возвышенные помыслы обитали у него в голове — однако и он, столь много знающий, жил ли он в блаженстве, обрел ли мир? Не был ли и он тоже всего лишь ищущим и жаждущим? Не приходилось ли ему, жаждущему, вновь и вновь пить из священных источников, из жертвоприношений, из книг, из бесед брахманов? Отчего ему, безупречному, приходилось каждый день смывать грех, каждый день домогаться очищения, каждый день заново? Разве не было в нем атмана, разве не бил в собственном его сердце первозданный источник? Вот его-то и надо найти, первозданный источник в собственном «я», им-то и надо овладеть! Все остальное — исканье, окольный путь, ошибка.

Таковы были помыслы Сиддхартхи, такова — его жажда, таково — страданье.

Часто повторял он слова из Чхандогьи-упанишады: «Поистине, имя Брахмана есть Сатьям — вправду, кто знает это, каждый день входит в мир небесный». Часто он, мир небесный, казался близок, но никогда Сиддхартха не достигал его вполне, никогда не утолял последней жажды. И из всех мудрых и мудрейших, которых он знал и наставленьям которых внимал, — из них всех ни один не достиг его вполне, мира небесного, ни один не утолил вполне вечной жажды.

— Говинда, — молвил Сиддхартха своему другу, — Говинда, мой дорогой, идем со мной под баньяновое дерево, предадимся медитации.

Они пошли к баньяну, сели там — Сиддхартха, а двадцатью шагами дальше Говинда. Усаживаясь, готовясь произнести *ом,* Сиддхартха нараспев повторил такие стихи:

Ом — это лук, стрела его — душа,
А цель стрелы — Брахман,
И поразить стрелою эту цель
Должно во что бы то ни стало*.

Когда истекло привычное время медитации, Говинда поднялся. Свечерело, настала пора для вечернего омовения. Он окликнул Сиддхартху по имени. Сиддхартха не ответил. Сиддхартха пребывал в медитации, глаза его недвижно вперились в какую-то далекую-далекую цель, кончик языка чуть выглядывал между зубов, он словно бы и не дышал. Сидел так, погруженный в медитацию, по-

---

* Авторская аллюзия на Мундака-упанишаду (II:2). — *Примеч. пер.*

мышляя *ом*, послав душу свою, как стрелу, к Брахману.

Немногим ранее через город, где жил Сиддхартха, проходили *саманы,* странствующие аскеты, трое мужчин, худущие, как бы потухшие, не старые и не молодые, с покрытыми пылью и окровавленными плечами, почти нагие, опаленные солнцем, окруженные одиночеством, чуждые и враждебные миру, пришельцы и шакалы в царстве людей. За ними следом плыл жаркий и густой запах безмолвной страсти, разрушительного служения, беспощадного освобождения от самости.

Вечером, после часа созерцания, Сиддхартха сказал Говинде:

— Завтра поутру, друг мой, Сиддхартха уйдет к аскетам. Он станет одним из них.

Говинда побледнел, услыхав эти слова и прочтя в недвижном лице своего друга решение, неотвратимое, как стрела, выпущенная из лука. Сразу же, с первого взгляда Говинда понял: вот и свершилось, Сиддхартха начинает свой путь, его судьба идет в рост, а с нею вместе и моя. И он побледнел, как сухая банановая кожура.

— О Сиддхартха, — воскликнул он, — позволит ли это твой отец?

Сиддхартха посмотрел на него, как бы пробуждаясь. Мгновенно прочел он в душе Говинды — прочел страх, прочел смирение и преданность.

— О Говинда, — тихо молвил он, — не будем попусту тратить слова. Завтра на рассвете я начну жизнь аскета-саманы. Не говори об этом больше.

Сиддхартха вошел в комнату, где на лубяной циновке сидел его отец, и стал у отца за спиной, и стоял там, пока отец не почувствовал, что за спиной кто-то есть.

— Это ты, Сиддхартха? — произнес брахман. — Говори же, зачем пришел. Что желаешь мне сказать?

И Сиддхартха ответил:

— С твоего позволения, отец, я пришел сказать тебе, что хочу завтра покинуть твой дом и уйти к аскетам. Стать аскетом-саманой — вот чего мне хочется. Пусть же отец мой не противится этому.

Брахман молчал, молчал так долго, что звезды в оконце переместились и изменили свой узор прежде, чем молчание в комнате было нарушено. Безмолвно и неподвижно стоял, скрестив руки, сын, безмолвно и неподвижно сидел на циновке отец, а звезды вершили свой путь по небу. И вот отец промолвил:

— Не пристало брахману говорить резкие и гневные слова. Но негодование снедает мне сердце. Я не хочу слышать эту просьбу из твоих уст второй раз.

Брахман медленно поднялся на ноги, Сиддхартха стоял безмолвно, скрестив руки.

— Чего ты ждешь? — спросил отец.

— Ты знаешь, — ответил Сиддхартха.

В раздраженье отец покинул комнату, в раздраженье пошел к своей постели и лег.

Спустя час — сон так и не смежил ему веки — брахман встал, бесцельно прошелся туда-сюда, вышел из дома. Через маленькое оконце он заглянул в комнату и увидел, что Сиддхартха стоит недвижимый, скрестив руки. Тускло белели его светлые одежды. С беспокойством в сердце отец вернулся на свое ложе.

Спустя час — сон так и не смежил ему веки — брахман опять встал, бесцельно прошелся туда-сюда, вышел из дома, увидел, что на небе сияет луна. Заглянул через оконце в комнату: Сиддхартха стоял недвижимый, скрестив руки, его голые икры поблескивали в лунном свете. С тревогой в сердце отец вернулся на свое ложе.

И он вновь выходил спустя час и спустя два часа, заглядывал через маленькое оконце, видел Сиддхартху — тот стоял, в сиянье луны, в звездном свете, во тьме. Час за часом выходил брахман, молча заглядывал в комнату, видел недвижимую фигуру, и сердце его полнилось гневом, полнилось беспокойством, полнилось неуверенностью, полнилось болью.

И в последний ночной час, прежде чем наступил день, он вернулся в дом, вошел в комнату, увидел юношу, и тот показался ему большим и как бы незнакомым.

— Сиддхартха, — молвил он, — чего ты ждешь?

— Ты знаешь чего.

— Ты так и будешь все время стоять и ждать, пока не настанет утро, и полдень, и вечер?

— Буду стоять и ждать.

— Ты устанешь, Сиддхартха.

— Устану.

— Ты заснешь, Сиддхартха.

— Не засну.

— Ты умрешь, Сиддхартха.

— Умру.

— И ты предпочтешь умереть, нежели подчиниться отцу?

— Сиддхартха всегда подчинялся своему отцу.

— Значит, ты откажешься от своего замысла?

— Сиддхартха поступит так, как скажет ему отец.

Первый свет дня озарил комнату. Брахман увидел, что колени Сиддхартхи легонько дрожат. В лице Сиддхартхи дрожи не было, в дальнюю даль смотрели его глаза. Тут понял отец, что Сиддхартха уже и теперь не с ним, не в родном краю, что сын уже теперь покинул его. Отец коснулся плеча Сиддхартхи.

— Ты пойдешь в лес, — молвил он, — и будешь аскетом. Если отыщешь в лесу высшее счастье, приди и научи меня высшему счастью. Если же найдешь разочарование, возвращайся, и мы станем вновь вместе творить жертвы богам. Теперь иди поцелуй мать, скажи ей, куда ты уходишь. А мне пора на реку, совершить первое омовение.

Он снял руку с сыновнего плеча и вышел. Сиддхартха покачнулся, пытаясь идти. Укротив непослушные члены, он склонился вслед отцу и отправился к матери, чтобы сделать, как велел отец.

Когда он в первых лучах дня медленно, на негнущихся ногах покидал тихий еще город, около последней хижины темной тенью сидела на корточках какая-то фигура, и она поднялась и присоединилась к страннику — Говинда.

— Ты пришел, — сказал Сиддхартха и улыбнулся.

— Да, я пришел, — сказал Говинда.

У аскетов

Вечером этого дня они догнали аскетов, худущих подвижников-саманов, и спросили, нельзя ли примкнуть к ним, стать их смиренными спутниками. И были приняты.

Свою одежду Сиддхартха отдал бедному брахману, встретившемуся на дороге. Теперь на нем были только набедренная повязка да землистого цвета накидка из несшитого куска материи. Ел он лишь раз в день и вареной пищи не употреблял. Он постился пятнадцать дней. Постился двадцать восемь дней. Плоть его бедер и щек усыхала. Жаркие мечтания горели в его огромных глазах, на костлявых теперь пальцах отрастали ногти, а на подбородке — жесткая лохматая борода. Ледяным становился его взгляд при встрече с женщинами; презрительно кривился его рот, когда ему случалось проходить через город, полный нарядно одетых людей. Он видел, как торгуют торговцы, едут на охоту князья, скорбящие оплакивают своих покойников, блудницы предлагают себя, лекари пользуют недужных, жрецы назначают день посева, любящие любят, матери кормят грудью младенцев, — и все это даже взгляда его не заслуживало, все обманывало, все смердело, все смердело обманом, все прикидывалось смыслом, и счастьем, и красотою, а было подспудным тленом.

Одна цель стояла перед Сиддхартхой, одна-единственная: опустошиться, избыть все — жажду, желания, грезы, радости и страданье. Отмереть от самого себя, лишиться своего «я», с опустошенным сердцем обрести покой, освободив мысль от самости, распахнуться навстречу чуду — такова была его цель. Когда «я» будет полностью побеждено и умрет, когда умолкнут в сердце всякая страсть и всякое влечение, тогда непременно проснется самое последнее, самое сокровенное в его существе, уже не-«я», великая тайна.

Молча стоял Сиддхартха под отвесными лучами палящего солнца, сгорая от боли, сгорая от жажды, стоял, пока не утратилось и чувство боли, и чувство жажды. Молча стоял он в сезон дождей, вода текла с его волос на зябнущие плечи, струилась по зябнущим бедрам и голеням, пока плечи и бедра не перестали зябнуть, пока не умолкли, пока не утихли. Молча сидел он на корточках в колючих дебрях, горящая кожа сочилась кровью, нарывы — гноем, а Сиддхартха не шевелился, пока не перестала течь кровь, пока не перестали жалиться колючки, пока не унялось жженье.

Сиддхартха сидел прямой, как свеча, и учился беречь дыхание, учился обходиться малой толикой дыхания, учился останавливать дыхание. Он учился, начавши с дыхания, успокаивать биенье сердца, учился уменьшать частоту ударов сердца, пока не становились они редкими и не умолкали почти совсем.

Под руководительством старейшего из аскетов постигал Сиддхартха освобождение от самости, предавался медитации по новым, аскетическим предписаниям. Цапля пролетала над бамбуковым лесом — и Сиддхартха принимал цаплю в свою душу, летал над лесами и горами, был цаплей, поедал рыбу, голодал цаплиным голодом, кричал цаплиным криком, умирал цаплиной смертью. Дохлый шакал валялся на песчаном берегу, и душа Сиддхартхи скользнула в это мертвое тело, и стала дохлым шакалом, и валялась на берегу, раздуваясь, смердя, истлевая, гиены разорвали ее на куски, стервятники содрали с нее кожу, и она обратилась в остов, обратилась в прах, развеялась по ветру. И душа Сиддхартхи возвращалась, умирала, истлевала, развеивалась прахом, вкушала мрачный хмель круговорота бытия, нетерпеливо, снедаемая новой жаждой, словно охотник, ждала щелки, через которую можно вырваться из круговорота, туда, где конец всех причин, где начинается безмятежная вечность. Он умерщвлял свои чувства, умерщвлял свою память, переселялся из своего «я» в тысячи чужих обличий, был зверем, был падалью, был камнем, древесиной, водою и, пробуждаясь, всякий раз обретал себя, под солнцем или под луной, опять был «я», вращался в круговороте, испытывал жажду, преодолевал жажду, испытывал жажду вновь.

Многому научился Сиддхартха у саманов, многими путями научился он уходить от «я». Он шел по пути освобождения от самости через боль, через добровольное ощущение боли, голода, жажды, усталости. Он шел по пути освобождения от самости через медитацию, через опустошение разума от всех представлений. Он научился идти этими и разными иными путями, тысячи раз покидая свое «я», часами и целыми днями пребывая в не-«я». Но хотя и уводили эти пути от «я», в конце они всегда вновь к нему же возвращались. Тысячи раз Сиддхартха ускользал из «я», находился в Ничто, находился в звере, в камне — неминуемо было возвращенье, неизбежен час, когда он обретал себя, под солнцем или под луной, в тени или под дождем, и вновь становился «я», становился Сиддхартхой, и вновь терзался неотвратимостью круговорота.

Рядом с ним как бы тенью его жил Говинда, шел почти теми же путями, подвергал себя тем же тяготам. И разговоры их редко касались предметов, не связанных со служением и ученичеством. Порой они вдвоем бродили по деревням, выпрашивая пропитание для себя и своих наставников.

— Как ты думаешь, Говинда, — сказал в один из таких дней Сиддхартха, — как ты думаешь, мы продвинулись вперед? Достигли каких-то целей?

И Говинда ответил:

— Мы учились и продолжаем учиться. Ты будешь великим саманой, Сиддхартха. Как быстро ты усваивал всякое упражнение, старики аскеты часто восхищались тобой. Когда-нибудь ты станешь святым, о Сиддхартха.

И молвил Сиддхартха:

— А вот мне так не кажется, друг мой. Все, чему я до сего дня выучился у саманов, я мог бы выучить быстрее и проще — в любом кабаке веселого квартала, друг мой, среди возчиков и игроков в кости.

И сказал Говинда:

— Сиддхартха смеется надо мной. Как бы мог ты научиться медитации, сдерживанию дыхания, невосприимчивости к голоду и боли там, у этих жалких существ?

И Сиддхартха произнес тихо, будто обращаясь к самому себе:

— Что есть медитация? Что есть выход из телесной оболочки? Что есть пост? Что — сдерживанье дыхания? Бегство от «я», краткий уход от мук «я»-бытия, краткое забвенье боли и нелепости жизни. Точно так же погонщик быков бежит от жизни, находит краткое забвенье в пивной, осушив несколько чарок рисовой водки или кокосовой браги. Тогда он не ощущает уже своей самости, не испытывает жизненной боли, тогда ненадолго приходит к нему забвенье. Уснув над чаркой рисовой водки, он обретает то же, что обретают Сиддхартха и Говинда, когда после долгих радений покидают свою телесную оболочку, пребывая в не-«я». Вот так-то, о Говинда.

На это молвил Говинда:

— Так ты говоришь, о друг мой, а все же сознаешь, что Сиддхартха не погонщик быков и самана не выпивоха. Пьяница хотя и обретает забвенье, хотя и уходит ненадолго от жизни, давая себе роздых, однако ж он, очнувшись от грез, обнаруживает, что все осталось по-прежнему, и не становится мудрее, не пополняет копилку знания, не восходит вверх по ступеням.

И Сиддхартха с улыбкой сказал:

— Не знаю, я никогда не был пьяницей. Но что я, Сиддхартха, обретаю в своих радениях и медитациях лишь краткое забвенье и столь же далек от мудрости, от спасенья, как был далек младенцем в утробе матери, — это я знаю, о Говинда, это я знаю.

Также и в другой раз, когда Сиддхартха с Говиндой вышли из лесу и отправились в деревню попросить немного пищи для братьев своих и наставников, Сиддхартха заговорил и начал так:

— Ну что же, о Говинда, на верном ли мы пути? Приближаемся ли к познанию? Приближаемся ли к спасенью? Или, быть может, ходим по кругу — мы, желавшие вырваться из круговорота?

Говинда же сказал:

— Многому мы научились, Сиддхартха, и многому нам еще предстоит научиться. Мы не ходим по кругу, мы поднимаемся вверх, круг — это спираль, и мы уже взошли на ступеньку-другую.

И Сиддхартха отвечал:

— Как по-твоему, сколько лет старейшему из аскетов, нашему почтенному наставнику?

— Лет шестьдесят, — сказал Говинда, — наверное, нашему старейшине лет шестьдесят.

На это Сиддхартха:

— Шесть десятков лет прожил он и не достиг нирваны. Ему и семьдесят сравняется, и восемьдесят, и мы с тобой доживем до столь же преклонного возраста, и будем радеть, и поститься, и медитировать. Но нирваны не достигнем, ни он, ни мы. О Говинда, по-моему, из всех саманов, какие есть на свете, ни один не достигнет нирваны, ни один. Мы обретаем утешение, обретаем забвение, обретаем искусные навыки, которыми обманываем себя. Но самого главного, пути из путей, мы не находим.

— Не стоит, — молвил Говинда, — не стоит все же тебе, Сиддхартха, произносить столь страшные речи! Да как же среди такого множества сведущих мужей, среди такого множества брахманов, среди такого множества суровых и почтенных саманов, среди такого множества ищущих, такого множества глубоко ревностных, святых мужей не найдется ни одного, что прошел путем из путей?

Сиддхартха же промолвил, и в голосе его слышались равно и печаль, и насмешка, промолвил тихо, чуть печально, чуть насмешливо:

— Скоро, Говинда, твой друг покинет эту стезю саманов, по которой так долго шел вместе с тобой. Меня мучит жажда, о Говинда, а на этом долгом пути аскезы жажда моя нисколько не утолилась. Всегда я жаждал познания, всегда был полон вопросов. Я спрашивал брахманов, год за годом, спрашивал священные Веды, год за годом. Быть может, о Говинда, было бы ничуть не хуже, ничуть не глупее и ничуть не бесполезнее спросить птицу-носорога или шимпанзе. Много времени я потратил, о Говинда, и по сей день не усвоил до конца такую вот истину: научиться невозможно ничему! Мне кажется, то, что мы зовем «ученьем», на самом деле не существует. А существует, о друг мой, лишь одно знание, оно повсюду, и это — атман, который во мне, и в тебе, и во всякой твари.

И я начинаю думать, что нет у этого знания врага страшнее, чем желанье знать, чем ученье.

Тут Говинда остановился прямо посреди дороги, воздел руки и произнес:

— Негоже тебе, Сиддхартха, пугать друга такими речами! Поистине страх пробуждают твои слова в моем сердце. Ты только представь себе: если все так, как ты говоришь, если ученья не существует, зачем тогда нужна священность молитв, зачем почтенность варны брахманов, зачем святость подвижников-саманов?! Что, о Сиддхартха, что станется тогда со всем, что есть на земле святого и священного, ценного и достойного почтения?!

И Говинда пробормотал про себя стихи, стихи из Упанишад:

Блажен, кто в размышленье, просветлевши духом, погружается в атман,
Невыразимо словами блаженство сердца его.

Но Сиддхартха молчал. Он обдумывал слова, сказанные Говиндой, и додумал их до конца.

«Да, что же останется от всего, что казалось нам свято и священно? — думал он, стоя с поникшей головою. — Что останется? Что уцелеет?» И он покачал головой.

И вот однажды, когда юноши прожили у саманов около трех лет, деля с подвижниками их радения, дошла до них многими — прямыми и окольными — путями одна весть, молва, легенда: явился-де некто, по имени Готама, Возвышенный, Будда, он преодолел в себе страданье мира и остановил колесо перерождений. Возглашая проповеди, в окруженье учеников он-де странствует по городам и весям, неимущий, безродный, безженый, в желтом одеянии аскета, но с ясным челом, исполненный радости, и брахманы и князья склоняются перед ним и делаются учениками его.

Эта весть, эта молва, эта сказка раздавалась, воспаряла то здесь, то там, в городах о ней толковали брахманы, в лесу — подвижники-саманы, вновь и вновь имя Готамы, Будды, достигало ушей Сиддхартхи и его друга — сказанное по-доброму и со злостью, с похвалою и с поношением.

Подобно тому как в краю, где властвует чума, возникает весть, будто там-то и там-то явился человек, мудрец, ведун, чьего слова и дыханья довольно, чтобы исцелить каждого из пораженных моровою язвой, и как затем эта весть бежит по всей стране и всяк говорит о ней, многие верят, многие сомневаются, а многие тотчас сбираются в путь, чтобы повидать мудреца, спасителя, — вот так же разнеслась по здешнему краю эта молва, благоуханно-парящая молва о Готаме, о Будде, мудреце из рода Шакья. Ему, говорили верующие, присуще высшее познанье, он помнил о своих прошлых жизнях, он достиг нирваны и уже не возвращался более в круговорот, не погружался в мутный поток перерождений. Много дивного и невероятного рассказывали о нем, он творил чудеса, одолел демона, беседовал с богами. Противники же его и неверующие говорили, что этот Готама — тщеславный обольститель, что он проводит свои дни в удовольствиях, пренебрегает жертвами, не обладает ученостью и не знает ни радений, ни умерщвления плоти.

Сладостно звучала молва о Будде, волшебством веяло от этих рассказов. Болен был мир, нестерпимо тяжела была жизнь — и вот здесь словно забил источник, словно раздался зов предвестника, утешный, ласковый, исполненный благородных обетов. Повсюду, куда доносилась молва о Будде, повсюду в индийских землях прислушивались к ней юноши и загорались ожиданием, загорались надеждой, и сыновья брахманов что в городах, что в деревнях дарили гостеприимством всякого странника и пришельца, если приносил он весть о нем, о Возвышенном, о Шакьямуни.

Добралась эта молва и до аскетов в лесу, и до Сиддхартхи, и до Говинды, медленно, капля по капле, каждая капля тяжела от надежды, каждая — тяжела от сомнений. Они мало говорили об этом, ибо старейшине саманов молва пришлась не по душе. Он слыхал, что мнимый этот будда некогда был аскетом и жил в лесу, потом, однако, вновь обратился к благополучной жизни и мирским удовольствиям, и оттого старый аскет ни в грош не ставил этого Готаму.

— О Сиддхартха, — сказал однажды Говинда своему другу, — нынче я был в деревне, и один брахман пригласил меня в свой дом, а в доме его находился некий сын брахмана из Магадхи, который собственными глазами видел Будду и слышал его проповеди. Поистине заболело у меня в груди, и я подумал: хорошо бы и мне, хорошо бы нам обоим, мне и Сиддхартхе, дожить до мгновенья, когда мы услышим проповедь из уст Совершенного! Скажи, друг мой, не отправиться ли и нам туда, не послушать ли проповедь из уст самого Будды?

Ответил Сиддхартха:

— Всегда, о Говинда, я думал, что Говинда останется у саманов, всегда полагал я, что цель его — достичь шестидесяти- и семидесятилетнего возраста, упражняясь в искусствах и раденьях, которые украшают аскета. И вот оказывается, я слишком мало знал Говинду, мало знал о сердце его. Итак, мой дорогой, ты желаешь отправиться в дорогу, туда, где Будда проповедует свое учение.

И Говинда произнес:

— Тебе угодно насмешничать. Что ж, насмешничай, о Сиддхартха, изволь! Но разве не проснулось и в тебе желание, стремление услышать эту проповедь? И не ты ли говорил мне, что недолго осталось тебе идти путем саманов?

Тут Сиддхартха рассмеялся, по своему обычаю, причем тон его голоса окрасился легкой печалью и легкой насмешкой, и молвил:

— Хорошо сказал ты, Говинда, правильно ты запомнил. Но вспомни же и иное, услышанное от меня — что я не доверяю проповедям и учению, что они наскучили мне и невелика моя вера в слова, приходящие к нам от наставников. Впрочем, ладно, я готов услышать то учение — хотя в сердце моем полагаю, что лучший плод этого учения мы уже вкусили.

На это Говинда:

— Твоя готовность радует мне сердце. Но скажи, как это возможно? Как учение Готамы, которого мы еще не слыхали, могло уже открыть нам свой лучший плод?

И отвечал Сиддхартха:

— Давай, о Говинда, вкусим этот плод и подождем, что будет! Плод же этот, которым мы уже теперь обязаны Готаме, плод этот — клич уйти от аскетов! Ну а дарует ли он нам иное и лучшее, о друг мой, придется подождать, со спокойной душою.

В этот же самый день Сиддхартха сообщил старейшине саманов, что решил покинуть его. О своем решении он известил старейшину со всей учтивостью и скромностью, каковые подобают младшему годами и ученику. Самана же разгневался, что юноши пожелали оставить его, и говорил громко, и употреблял грубые, бранные слова.

Говинда испугался и пришел в замешательство. Сиддхартха, однако, наклонился к уху Говинды и прошептал:

— Сейчас я покажу старику, что кое-чему у него научился.

Он стал перед саманой, сосредоточившись душою, вперился взглядом в глаза старика, зачаровал его, лишил речи, лишил воли, подчинил его себе, приказал без единого слова сделать все, что он, Сиддхартха, требует. Старик умолк, взгляд у него стал стеклянным, воля оцепенела, руки повисли, бессильный, он покорился чарам Сиддхартхи. А мысли Сиддхартхи овладели саманой, он поневоле исполнил все, что они повелевали. И вот старик несколько раз поклонился, жестом дал им свое благословение, запинаясь произнес благочестивое напутствие. И юноши поклонились в ответ, поблагодарили за напутствие и, попрощавшись, отправились в дорогу.

Говинда сказал по пути:

— О Сиддхартха, ты научился у аскетов большему, чем я думал. Трудно, очень трудно зачаровать старика саману. Поистине останься ты там — и вскоре научился бы ходить по водам.

— Я не жажду ходить по водам, — молвил Сиддхартха. — Пусть такими искусствами довольствуются старики аскеты.

Готама

В городе Саватхи каждый ребенок знал имя Возвышенного Будды, и каждый дом готов был наполнить чашу для подаяния ученикам Готамы, безмолвным просителям. Поблизости от города находилось излюбленное прибежище Готамы, роща Джетавана, которую даровал ему и его сподвижникам богатый купец Анатхапиндика, верный почитатель Возвышенного.

На это место указывали рассказы и ответы, выслушанные молодыми аскетами в поисках прибежища Готамы. И когда они очутились в Саватхи, в первом же доме, у дверей которого они остановились, прося подаяния, им предложили пищу, и они приняли ее, а Сиддхартха спросил у женщины, что подала им поесть:

— О благодетельница, нам бы очень хотелось узнать, где пребывает досточтимейший Будда, ибо мы, лесные аскеты-саманы, пришли увидеть Совершенного и услышать проповедь из собственных его уст.

И ответила женщина:

— Поистине, лесные саманы, вы пришли туда, куда вам потребно. Знайте же, в Джетаване, в саду Анатхапиндики, пребывает Возвышенный. Там и вы, странники, сможете переночевать, ибо в саду том довольно места для всех несчетных множеств, что стекаются слушать проповедь из собственных его уст.

И возрадовался Говинда, и радостно сказал:

— Прекрасно, значит, наша цель достигнута и путь наш завершен! Но скажи нам, о матерь странников, знаешь ли ты его, Будду, видела ли его своими глазами?

Женщина молвила на это:

— Много раз я видела Возвышенного. Много дней видела, как он ходит по улицам, безмолвный, в шафранно-желтых одеждах, как безмолвно протягивает у дверей чашу для подаяния, как уносит с собою наполненную чашу.

С восторгом внимал ей Говинда, и о многом еще хотелось ему расспросить и о многом услышать. Но Сиддхартха напомнил, что время продолжить путь. Они поблагодарили, и пошли дальше, и почти не спрашивали о дороге, потому что в Джетавану шагало немалое число странников и монахов из общины Готамы. А когда ночью они добрались до места, там сновали люди, слышались возгласы и разговоры тех, кто искал приюта и обретал его. Оба аскета, привычные к лесной жизни, быстро и без шума отыскали себе прибежище и отдыхали до утра.

На восходе солнца они с изумлением увидали, сколь великое множество народу — верующих и любопытных — здесь ночевало. Монахи в желтых одеждах прогуливались по всем дорожкам прекрасной рощи, сидели там и сям под деревьями, погруженные в созерцание или увлеченные духовной беседой; точно город выглядели тенистые сады, и людей в них было, что пчел в улье. Большинство монахов с чашами для подаянья шли в город, чтобы собрать пищу на обед, единственную их трапезу. И сам Будда, Просветленный, тоже просил по утрам милостыню.

Сиддхартха увидел его и тотчас узнал, словно кто-то из богов сделал ему знак. Он увидел скромного человека в шафранно-желтой одежде, который шел по дороге с чашей для подаянья в руках.

— Смотри! — тихо молвил Сиддхартха Говинде. — Вот он и есть Будда.

Внимательно посмотрел Говинда на монаха в желтой одежде, который как будто бы ничем не отличался от сотен других монахов. И скоро Говинда тоже понял: да, это он. И оба пошли следом, наблюдая за ним.

Будда шагал своей дорогой, неприметный, погруженный в свои мысли, безмятежное лицо его не было ни радостно, ни печально, он как бы тихонько улыбался про себя. С затаенной улыбкой, безмятежный, спокойный, чем-то похожий на пышущего здоровьем ребенка, Будда и двигался, и носил свое одеянье, и ступал в точности как все монахи, в точности как предписано. Однако его лицо, и поступь, и безмятежно устремленный долу взор, и безмятежно опущенная рука, и даже любой из пальцев его безмятежно опущенной руки говорили об умиротворенности, говорили о совершенстве — он никому не подражал, никого не искал, мирно дышал невозмутимым покоем, неугасимым светом, высочайшей умиротворенностью.

Вот так Готама шел в город собирать подаянье, и оба аскета узнали его единственно по совершенству его покоя, по безмятежности облика, в котором не чувствовалось ни искания, ни хотения, ни подражания, ни усилия — только свет и умиротворенность.

— Нынче мы услышим проповедь из его уст, — сказал Говинда.

Сиддхартха не ответил. Проповедь мало интересовала его, он не верил, что почерпнет из нее нечто новое, ведь и сам он, и Говинда не раз уже слыхали, в чем состоит учение этого Будды, хотя бы и из вторых и третьих уст. Но он внимательно смотрел на голову Готамы, на его плечи, на его ноги, на безмятежно опущенную руку, и казалось ему, будто каждый палец, каждый ноготь этой руки были учением и проповедью, говорили, дышали, благоухали, блистали истиной. Этот человек, этот Будда был истинным, настоящим до малейшего шевеленья мизинца. Этот человек был святым. Никогда Сиддхартха не почитал так ни одного человека, никого никогда так не любил, как его.

Они проводили Будду до города и молча вернулись обратно, ибо сами намеревались в этот день воздержаться от пищи. Они видели, как Готама воротился, как вкушал трапезу в кругу своих учеников — тем, что он съел, не насытилась бы и птица, — видели, как он удалился под сень манговых деревьев.

А вечером, когда спала жара и весь лагерь ожил и собрался вместе, они услышали проповедь Будды. Услышали его голос, и он тоже был совершенен, полон совершенного спокойствия, полон умиротворенности. Готама проповедовал учение о страдании, о происхожденье страдания, о пути к уничтоженью страдания. Спокойно и ясно текла его безмятежная речь. Страданием была жизнь, и мир исполнен страдания, но уже найдено избавление: обретал избавление тот, кто шел путем Будды.

Кротким, однако же твердым голосом говорил Возвышенный, проповедовал Четыре Истины, проповедовал восьмеричную дорогу, терпеливо шел привычным путем поучения, примеров, повторений, светло и безмятежно парил его голос над внемлющими, как светоч, как звездное небо.

Когда Будда — уже настала ночь — завершил свои речи, иные из паломников вышли вперед и попросили принять их в общину, нашли свое прибежище в учении. И Готама принял их с такими словами:

— Вот и услышали вы учение, вот и оглашена его проповедь. Придите же и живите в святости, дабы положить конец всякому страданию.

И Говинда тоже выступил вперед, робкий Говинда, и молвил:

— И я ищу прибежище у Возвышенного и в учении его, — и попросил допустить его в число учеников, и был допущен.

Немногим позже, когда Будда удалился на ночлег, Говинда обратился к Сиддхартхе и пылко воскликнул:

— Сиддхартха, не пристало мне делать тебе упреки. Мы оба слышали Возвышенного, оба внимали его проповеди. Говинда выслушал поучение и обрел в нем прибежище. А ты, досточтимый, разве не желаешь идти дорогою избавления? Разве станешь ты медлить, станешь еще ждать?

Сиддхартха как бы пробудился от сна, внимая речи Говинды. Долго смотрел он Говинде в лицо. Потом тихо, без насмешки в голосе молвил:

— Говинда, друг мой, вот ты и сделал шаг, вот и выбрал свой путь. Всегда, о Говинда, ты был моим другом, всегда шел следом за мною. Я часто думал: не сделает ли Говинда когда-нибудь собственный шаг, без меня, по зову своей души? И вот ты стал мужчиной и сам выбираешь свой путь. Так пройди же его до конца, о друг мой! И обрети спасение!

Говинда, который еще не вполне понимал, нетерпеливым тоном повторил свой вопрос:

— Говори же, прошу тебя, мой дорогой! Скажи мне — ведь иначе и быть не может, — что и ты, мой сведущий друг, обретешь прибежище у Возвышенного Будды!

Сиддхартха положил руку свою на плечо Говинды.

— Ты не услышал моего благословения, о Говинда! И я повторяю его: пройди же этот путь до конца! Обрети спасение!

В этот миг осознал Говинда, что друг покинул его, и заплакал.

— Сиддхартха! — жалобно вскричал он.

Сиддхартха же приветливо молвил:

— Не забывай, Говинда, теперь ты один из монахов Будды! Ты отрекся от родины и от отца с матерью, отрекся от семьи и собственности, отрекся от своей воли, отрекся от дружества. Так того желает учение, так желает Возвышенный. Так пожелал ты сам. Завтра, о Говинда, я покину тебя.

Долго еще бродили друзья в роще, долго лежали, и сон не осенял их своим крылом. А Говинда снова и снова упрашивал друга открыть ему, отчего не желает он обрести прибежище в учении Готамы, какой изъян видит он в этом учении. Но Сиддхартха всякий раз уклонялся от ответа, говорил только:

— Успокойся, Говинда! Прекрасно учение Возвышенного, разве можно найти в нем изъян!

Ранним утром один из сподвижников Будды, один из старейших его монахов, обошел рощу, скликая к себе всех послушников, обретших прибежище в учении, дабы облачить их в желтые одежды и сообщить им первые уроки и обязанности их теперешнего звания. Тут Говинда оторвался от друга своей юности, обнял его напоследок и примкнул к веренице послушников.

А Сиддхартха в задумчивости прохаживался среди деревьев.

И встретился ему Готама, Возвышенный, а когда он благоговейно поздоровался с ним и прочел во взгляде Будды огромную доброту и безмятежность, то воспрянул духом и попросил у Досточтимого позволенья обратиться к нему. Молча, кивком Возвышенный даровал ему свое позволенье.

— Вчера, о Возвышенный, — молвил Сиддхартха, — мне выпало счастье услышать твою чудесную проповедь. Из далеких мест пришел я сюда вместе с моим другом услышать эту проповедь. И теперь мой друг останется среди твоих сподвижников, найдя прибежище в твоем учении. А я продолжу свое странствие.

— Как тебе будет угодно, — учтиво ответил Возвышенный.

— Непомерно дерзостна моя речь, — продолжал Сиддхартха, — но я не хотел бы покинуть Возвышенного, не поведав ему откровенно, без утайки, мои мысли. Подарит ли мне Досточтимый малую толику своего времени? Выслушает ли меня?

Будда безмолвно кивнул в знак согласия.

И Сиддхартха заговорил:

— Одно, о Досточтимейший, восхитило меня в твоей проповеди более всего. В учении твоем все совершенно ясно, все доказательно; совершенной, никогда и нигде не прерывавшейся цепью предстает у тебя мир, вековечной цепью причин и следствий. Никто до сих пор не видел этого столь ясно, никто не доказывал столь неоспоримо; поистине у каждого брахмана должно сильнее биться сердце, когда сквозь призму твоего учения мир открывается ему как совершенное единство, целостное, прозрачное, словно кристалл, независимое от случая, независимое от богов. Пусть останется под вопросом, добрый это мир или злой, мучительна или радостна в нем жизнь; вероятно, это и не важно, но единство мира, взаимосвязанность всего происходящего, принадлежность и большого, и малого к общему потоку, к общему закону причинности, становления и умирания — вот яркий светоч твоего высокого учения, о Совершенный. И тем не менее, согласно твоему же учению, это единство и логическая упорядоченность всех вещей имеют в одном месте разрыв, сквозь маленькую щелку вливается в этот мир единства нечто чужеродное, нечто новое, прежде небывалое, невыявляемое и недоказуемое — твое учение о преодоленье мирского, о спасении. Но эта маленькая прореха, эта маленькая трещинка вновь ломает и упраздняет весь вековечный и единый мировой закон. Надеюсь, ты простишь мне это возражение.

Безмятежно, невозмутимо выслушал его Готама. А затем Совершенный молвил доброжелательным, учтивым и ясным голосом:

— Ты слышал проповедь, о сын брахмана, и хорошо, что ты так глубоко размышлял о ней. Ты нашел в учении трещинку, изъян. Что ж, продолжи свои размышления. Но позволь предостеречь тебя, любомудрый юноша, от дебрей суждений и от спора о словах. В суждениях нет важности, каковы бы они ни были — прекрасные или безобразные, умные или безрассудные, всякий может быть им привержен или может пренебречь ими. Проповедь же, которую ты слышал от меня, не есть мое суждение и не ставит перед собой цели объяснить мир жаждущим знания. Ее цель в ином; ее цель — спасение, освобождение от страданья. Вот чему учит Готама, и только.

— Не гневайся на меня, о Возвышенный, — сказал юноша. — Я говорил так не затем, что ищу спора с тобою, спора о словах. Поистине ты прав, в суждениях нет важности. Но позволь сказать тебе еще одно: ни мгновенья не сомневался я в тебе. Ни мгновенья не сомневался я в том, что ты Будда, что ты достиг цели, высшей цели, к которой стремятся столь многие тысячи брахманов и сыновей брахманов. Ты нашел спасение от смерти. Оно явилось тебе из собственных твоих исканий, на собственном твоем пути, через медитацию, через познание, через просветление. Не из проповеди, не из учения явилось оно тебе! И — такова моя мысль, о Возвышенный! — никто не обретет спасения через проповедь! Никому, о Досточтимый, не сообщишь ты в словах, посредством проповеди то, что произошло с тобой в миг просветления! Многое заключено в учении просветленного Будды, многих оно учит жить праведно, чураться зла. Одного лишь нет в этом столь ясном, столь досточтимом учении — тайны происшедшего с самим Возвышенным, с ним одним, единственным из сотен тысяч. Вот о чем я размышлял, вот что открылось мне, когда я слушал проповедь. Вот почему я продолжу свое странствие — не затем, чтобы искать иного, лучшего учения, ибо я знаю, такого не существует, а затем, чтобы оставить все учения и всех учителей и в одиночку достичь моей цели или умереть. Но я буду часто вспоминать этот день, о Возвышенный, и этот миг, когда глаза мои видели Святого.

Глаза Будды безмятежно смотрели долу, безмятежно, в совершенной невозмутимости сиял его непроницаемый лик.

— Пусть мысли твои, — медленно произнес Досточтимый, — не окажутся заблуждением! Пусть цель твоя будет достигнута! Но скажи мне: ты видел ли множество моих саманов, множество моих братьев, нашедших прибежище в этом учении? И ты, чужой самана, полагаешь, что им всем лучше бы отринуть учение и вернуться к мирской жизни, к соблазнам и удовольствиям?

— Я далек от подобной мысли! — воскликнул Сиддхартха. — Пусть не сойдут они с пути этого учения, пусть достигнут своей цели! Не пристало мне судить о чужой жизни! Только о себе, о себе одном должно мне судить, только за себя делать выбор и отвергать. Освобождения от самости «я» ищем мы, саманы, о Возвышенный. Будь я одним из твоих учеников, о Досточтимый, боюсь, я бы лишь мнимо, лишь обманно успокоил мое «я» и обрел спасение, на деле же оно продолжало бы жить и расти, ибо тогда я бы сделал моею самостью учение, мою приверженность, мою любовь к тебе, монашескую общину!

С полуулыбкой, с неколебимой ясностью и благожелательностью посмотрел Готама в глаза чужеземцу и отпустил его едва заметным жестом.

— Ты умен, о самана, — молвил Досточтимый. — И речи твои умны, друг мой. Остерегайся же чересчур большого ума!

Прочь зашагал Будда, и взгляд его и полуулыбка навсегда остались запечатлены в памяти Сиддхартхи.

«Никогда прежде, — думал он, — я не видел, чтобы человек так смотрел и улыбался, сидел и ступал, поистине и я бы хотел так смотреть и улыбаться, сидеть и ступать — так свободно, так достойно, так замкнуто, так открыто, так ребячливо и таинственно. Поистине так смотрит и ступает лишь человек, проникший в сокровенные глубины своей самости. Что ж, вот и я попытаюсь проникнуть в сокровенные глубины моей самости.

Я видел человека, — думал Сиддхартха, — единственного человека, перед которым не мог не опустить глаз. Ни перед кем больше я не опущу глаз, ни перед кем. Ни одна проповедь больше не увлечет меня, ибо не увлекла меня проповедь этого человека.

Будда обобрал меня, — думал Сиддхартха, — да, обобрал, но еще больше он меня одарил. Он отнял у меня друга, который верил в меня, а теперь верит в него, который был моей тенью, а теперь стал тенью Готамы. Подарил же он мне Сиддхартху, меня самого».

Пробуждение

Когда Сиддхартха покинул рощу, где остался Будда, Совершенный, где остался Говинда, он почувствовал, что и его прежняя жизнь осталась в этой роще, отпала от него. Об этом ощущении, переполнявшем его, он размышлял, медленно шагая прочь. Глубоко размышлял, будто в глубокие воды погрузился на самое дно этого ощущения, туда, где покоятся первопричины, ибо мнилось ему, что постичь первопричины и означает мыслить, и лишь благодаря этому ощущения становятся знанием и не пропадают втуне, а обретают сущность и начинают излучать то, что в них содержится.

Медленно шагая, Сиддхартха размышлял. И заключил, что он уже более не юноша, что стал мужчиной. Заключил, что одно оставило его, как змею оставляет ее старая кожа, одного нет в нем более, а ведь это сопровождало его на протяжении всей юности, было неотъемлемо от него: желание иметь наставников и слушать наставления. Последнего наставника, который встретился на его пути, высочайшего и мудрейшего учителя, Святейшего, Будду, он тоже оставил, поневоле разлучился с ним, не смог принять его учение.

Медленнее шагал размышляющий, спрашивая себя: «Но что же, что хотел ты почерпнуть из наставлений и от наставников, и в чем они, столь многому тебя научившие, все-таки не сумели тебя наставить?» И он понял: «Сущность и смысл моего «я» — вот что мне хотелось постичь. Освободиться от этого «я», преодолеть его — вот чего я хотел. Но я не мог его преодолеть, мог только притвориться, только бежать от него, прятаться от него. Поистине ни одна вещь в мире не занимала так мои мысли, как это мое «я», эта загадка, что я живу, что я вот такой, единственный, отделенный и обособленный от других, что я — Сиддхартха! И ни об одной вещи в мире я не знаю меньше, чем обо мне, о Сиддхартхе!»

Медленно шагая, размышляющий остановился, пораженный этой мыслью, а из нее тотчас же явилась другая, новая мысль, гласившая: «То, что я ничего о себе не знаю, что Сиддхартха мне по-прежнему чужд и неведом, имеет одну-единственную причину: я страшился себя, я бежал от себя! Я искал атман, искал Брахман, желал расчленить мое «я», разъять кожуру, дабы в неведомых, сокровенных глубинах обрести таящееся под всеми оболочками ядро, начало начал, атман, жизнь, божественное, последнее. Но при этом я потерял себя».

Сиддхартха открыл глаза и огляделся по сторонам, улыбка разлилась по его лицу, и глубокое чувство пробуждения от долгого сна пронизало его до кончиков пальцев. И он пошел дальше, пошел быстро, как человек, который знает, что ему делать.

«О, — думал он, дыша полной грудью, — теперь уж я этого Сиддхартху не упущу! Не желаю больше начинать мои мысли и мою жизнь с атмана и страданий мира. Не желаю больше умерщвлять себя и расчленять, ища под обломками тайну. Не Йогаведа будет отныне наставлять меня, не Атхарваведа, не аскеты и вообще не какое-либо учение. Я буду учиться у себя самого, стану своим собственным учеником, познаю себя, познаю тайну Сиддхартхи».

Он огляделся вокруг, как бы впервые увидев мир. А мир был прекрасен, мир был ярок и многоцветен, чуден и таинствен! В нем была синь, и желтизна, и зелень, в нем струились небеса и реки, недвижно замерли леса и горы, все прекрасно, все полно тайны и магии, а в середине — он, Сиддхартха, пробуждающийся, на пути к себе. Все это, вся желтизна и синь, все реки и леса, впервые влилось в глаза Сиддхартхи и было уже не наважденьем Мары, не покрывалом Майи, не бессмысленным и случайным многообразием мира явлений, презренным для серьезного, вдумчивого брахмана, который отвергает многообразие, ища единства! Синь была синью, река была рекою, и даже если в сини и реке внутри Сиддхартхи сокрыто живое единое и божественное, так ведь лад и смысл божественного как раз в том и заключается, чтобы здесь быть желтизною, а здесь синью, там небесами, там лесом, а здесь — Сиддхартхой. Смысл и сущность не прятались где-то за вещами, они были внутри их, внутри всего.

«Как я был глух и бесчувствен! — думал резво шагающий путник. — Когда человек читает манускрипт, стремясь доискаться его смысла, он не пренебрегает знаками и буквами, не зовет их обманом, случайностью и бесполезной оболочкой, нет, он вчитывается в них, изучает их и любит, букву за буквой. А я, желавший прочесть книгу мира и книгу собственного моего существа, я в угоду предвзятому смыслу отверг знаки и буквы, звал мои глаза и мой язык случайными и бесполезными явлениями. Нет, это миновало, я пробудился, я в самом деле пробудился и лишь сегодня рожден».

Думая эту думу, Сиддхартха опять остановился, внезапно, будто перед ним лежала на тропе змея.

Ибо ему внезапно открылось еще одно: он, в самом деле как бы пробудившийся и новорожденный, он должен начать жизнь вновь, и с самого начала. Когда в это самое утро он покидал рощу Джетавана, рощу Возвышенного, уже пробуждаясь, уже на пути к себе, он намеревался — и считал это свое намерение естественным и нормальным — после долгих лет аскезы воротиться в родные края, к отцу. Теперь же, вот в этот самый миг, когда остановился, будто увидав на тропе змею, он пробудился и к пониманию следующего: «Я уже не тот, что прежде, я не аскет более, не жрец, не брахман. Что же делать мне в родном доме, у отца моего? Учиться? Творить жертвоприношения? Погружаться в медитацию? Все это миновало, все это уже в стороне от моего пути».

Недвижимо стоял Сиддхартха, и на одно мгновенье, на один вздох сердце его похолодело, он почувствовал, как оно холодеет в груди, точно маленькое живое существо, птичка или зайчонок, когда он увидел свое одиночество. Годами он был одинок и не чувствовал этого. И вот теперь почувствовал. До сих пор, даже в глубочайшей отрешенности, он был сыном своего отца, был высокородным брахманом, духовным лицом. Теперь же он был только Сиддхартхой, только пробужденным, и не более. Он глубоко вздохнул и на мгновенье похолодел и вздрогнул. Никто не был столь одинок, как он. Ведь нет такого аристократа, что не принадлежал бы к знати, нет такого ремесленника, что не принадлежал бы к ремесленникам и не имел бы прибежища у своих, не делил с ними жизнь, не говорил их языком. Нет такого брахмана, что не относился бы к числу брахманов и не жил бы с ними, нет такого аскета, что не имел бы прибежища в монашеском сословии, и даже самый сирый отшельник в лесу не был один как перст, даже его окружали родственные души, даже он принадлежал к некоему сословию, которое было для него родным. Говинда стал монахом, и тысячи монахов были ему братьями, носили его одежду, верили его верой, говорили его языком. А он, Сиддхартха, где найдет он свое братство? Чью жизнь разделит? Чьим языком станет говорить?

Из этого мгновения, когда мир вокруг него исчез, когда он стоял один, как звезда в небе, из этого мгновения холода и робости Сиддхартха вышел, еще больше окрепнув самостью, еще лучше владея собой. Он чувствовал: это была последняя дрожь пробуждения, последняя схватка рожденья. И вот он снова зашагал, резво и нетерпеливо, уже не домой, не к отцу, не вспять.

Часть вторая

Камала

На каждом шагу своего пути Сиддхартха узнавал новое, ведь мир преобразился, и сердце его было околдовано. Он видел, как солнце встает над лесистыми хребтами и садится над далеким, поросшим пальмами прибрежьем. Ночью он видел на небе россыпи звезд и месяц, лодкой плывущий в синеве. Видел деревья, звезды, животных, облака, радугу, скалы, душистые травы, ручьи и реки, взблеск росы в кустах поутру; вдали блекло голубели горные вершины, щебетали птицы и жужжали пчелы, ветер колыхал серебристые волны рисовых полей. Все это тысячеликое многоцветье существовало от веку — от веку светили солнце и луна, от веку жужжали пчелы и шумели реки, но прежде все это казалось Сиддхартхе не более чем эфемерной и обманчивой дымкой, которая застит взор, внушает недоверие и назначена для того, чтобы пронизать ее мыслью и уничтожить, ибо все это лишено сущности, ибо сущность лежит по ту сторону зримого. Теперь же его освобожденный взор пребывал по сю сторону, он видел и узнавал зримое, искал свое отечество в этом мире, но не искал сущности, не целил в потустороннее. Мир был прекрасен, если смотреть на него вот так — ничего не ища, просто, по-детски. Прекрасны были луна и звезды, прекрасны ручьи и берега, леса и скалы, козы и жуки-златки, цветы и бабочки. Прекрасно и отрадно было вот так идти по этому миру — ребенком, пробудившимся, доверчивым ребенком, открытым для всего, что рядом. По-иному палило голову солнце, по-иному обвевала прохладой тень, иной вкус был у воды в ручье и в бочке, иной — у тыквы и банана. Коротки были дни, коротки ночи, и каждый час быстро ускользал прочь, словно парус в море, а под парусом корабль, полный сокровищ, полный утех. Сиддхартха видел обезьяний народ, снующий высоко под сводом леса, высоко в ветвях, и слышал дикарский, алчный напев. Видел, как баран, догнав, покрывает овцу. Видел, как под вечер охотится в тростниковом озере голодная щука, как перед нею с перепугу стайками выскакивают из воды, трепеща и поблескивая, рыбешки-недоростки; силой и страстью разило от стремительных водных вихрей, вздымаемых неистовой охотницей.

Все это существовало от веку, а он этого не видел; его при этом не было. Теперь же он был здесь и участвовал во всем. Его глаза вбирали свет и тень, сквозь его сердце проплывали звезды и луна.

По дороге Сиддхартха вспоминал и все то, что пережил в садах Джетаваны, вспоминал услышанную там проповедь, божественного Будду, прощание с Говиндой, беседу с Возвышенным. Вспоминал собственные свои слова, обращенные к Возвышенному, вспоминал каждое слово и с удивлением уяснил себе, что сказал много такого, чего тогда еще толком не понимал. Ведь он сказал Готаме: его, Будды, сокровище и тайна не учение, не проповедь, а то невыразимое и неисповедимое, что он пережил и познал некогда в миг просветления, — именно это хотел теперь познать и он, Сиддхартха, затем и отправился в путь, именно это и начал сейчас познавать. Познать же он должен себя самого. Конечно, он уже давно понял, что его самость — атман, по природе своей столь же вечный, сколь и Брахман. Но никогда он не обретал по-настоящему этой самости, потому что хотел поймать ее неводом мысли. И не тело, конечно, было самостью, и не игра чувственных восприятий, но ведь точно так же не были ею ни мысли, ни разум, ни приобретенная мудрость, ни приобретенное искусство делать выводы и сплетать из старых мыслей новые. Да, этот мир идей находился тоже по сю сторону, и незачем было умерщвлять случайное «я» чувственных восприятий и пестовать взамен случайное «я» мыслей и ученостей. То и другое — мысли и чувственные восприятия — было по-своему замечательно, за тем и другим таился последний смысл, вслушиваться надлежало в то и другое, играть тем и другим, ни то, ни другое не презирать и не ценить сверх меры, различать в том и другом тайные голоса сокровеннейшего. И стремиться он будет лишь туда, куда велит этот голос, и сосредоточиваться лишь на том, что советует этот голос. Отчего Готама некогда, в тот великий час, уселся под деревом Бодхи, где на него низошло просветление? Он услышал голос,

голос внутри своего сердца, который повелел ему сделать привал под этим деревом, и он не отдал предпочтения ни умерщвлению плоти, ни жертве, ни омовению или молитве, ни еде, ни питью, ни сну, ни грезам — нет, он внял голосу. Вот такая послушливость — не веленью извне, а одному только этому голосу, — вот такая готовность была правильной и необходимой, более ничего и не требовалось.

Ночевал Сиддхартха у реки, в крытой соломою хижине перевозчика, и приснился ему Говинда, в желтых одеждах аскета. Печальным выглядел Говинда, печально вопросил он: почему ты покинул меня? Тогда он обнял Говинду, обвил его руками и, привлекши к своей груди и целуя, увидел, что это уже не Говинда, а женщина, и из платья ее выпросталась полная грудь, и к ней припал Сиддхартха и пил — сладостным и хмельным на вкус было молоко этой груди. Вкус его напоминал о женщине и о мужчине, о солнце и о лете, о животных и о цветах, о любых плодах, о любых удовольствиях. Оно пьянило и дурманило... Когда Сиддхартха проснулся, за дверью хижины тускло серебрилась река, а в лесу гулко звучал басовитый крик совы.

Когда настал день, Сиддхартха попросил своего благодетеля, перевозчика, свезти его на тот берег. И перевозчик на своем бамбуковом плоту переправил его через реку, и широкий водный простор розовел в утренних лучах.

— Красивая река, — сказал Сиддхартха своему спутнику.

— Да, — молвил в ответ перевозчик, — очень красивая, я люблю ее больше всего на свете. Часто я слушал ее, часто смотрел ей в глаза и всегда учился у нее. У реки можно многому научиться.

— Спасибо тебе, милостивец, — сказал Сиддхартха, выйдя на берег. — Нечем мне одарить тебя за гостеприимство, мой дорогой, нечем и заплатить. Я бесприютный сын брахмана и подвижник-монах.

— Я это заметил, — отозвался перевозчик, — и не ждал от тебя ни платы, ни подарка. Ты сделаешь мне подарок в другой раз.

— Ты так думаешь? — весело воскликнул Сиддхартха.

— Конечно. Я и это узнал от реки: все возвращается! Вернешься и ты, самана. А теперь прощай! Пусть уплатой мне будет твоя дружба. Вспоминай обо мне, когда будешь творить жертвы богам.

С улыбкой расстались они. С улыбкой радовался Сиддхартха дружеству и дружелюбию перевозчика. «Он как Говинда, — с улыбкой думал юноша, — все, кого я встречаю на моем пути, похожи на Говинду. Все благодарны, хотя благодарность причитается им, а не мне. Все стараются угодить, все хотят добрых отношений, охотно уступают, мало думают. Дети — вот кто эти люди».

К полудню он добрался до какой-то деревни. На улочке перед глинобитными хижинами возились дети, играли тыквенными семечками и ракушками, кричали и дрались, но все робели и сторонились чужого саманы. На краю деревни дорога вела через ручей, а у ручья, стоя на коленях, молодая женщина стирала белье. Когда Сиддхартха поздоровался с нею, она подняла голову и с улыбкой взглянула на него, даже белки глаз сверкнули. Как подобает страннику, он послал ей через ручей благословение и спросил, далеко ли еще до большого города. Тут она встала и подошла к нему, красиво алел на юном лице ее влажный рот. Она обменялась с ним шутливыми словами, спросила, ел ли он уже и правда ли, что саманы ночуют в лесу одни и не вправе иметь подле себя женщин. При этом она поставила свою левую ногу на его правую и сделала некое движение, каким у женщин принято приглашать мужчину к любовным утехам, что именуются в учебниках лазаньем на дерево. Сиддхартха почувствовал, как у него закипает кровь, а поскольку в этот миг опять вспомнил давешний сон, то слегка наклонился к женщине и поцеловал коричневый кончик ее груди. Подняв взгляд, он увидел, что улыбка ее полна желания, а сузившиеся глаза мерцают мольбой и истомой.

И Сиддхартха тоже почувствовал желание, почувствовал, как шевельнулось в причинном месте; но поскольку он никогда еще не прикасался к женщине, то чуть помедлил, хотя руки его уже тянулись к ней. И в этот миг он с ужасом услыхал голос своего сокровенного, услыхал его «нет». И тут улыбающееся лицо юной женщины потеряло все свое обаяние, теперь он видел только влажный взгляд самки. Ласково погладив ее по щеке, он отвернулся от разочарованной и легкими шагами скрылся в бамбуковой роще.

Под вечер он добрался до большого города и возрадовался, ибо жаждал общества. Долго жил он в лесах, и крытая соломой хижина перевозчика, в которой он провел сегодняшнюю ночь, впервые с давних пор подарила ему кров.

На городской окраине, возле обнесенной оградою рощи, страннику встретилась небольшая процессия челяди, нагруженной корзинами. Посредине, в изукрашенном паланкине, несомом четверкой слуг, на алых подушках под пестрым балдахином сидела женщина, их госпожа. Сиддхартха остановился у входа в сад, наблюдая за процессией, глядя на прислужников и прислужниц, на корзины, на паланкин, на даму в паланкине. Черные волосы ее были уложены в высокую прическу, лицо белое, точеное, очень умное, рот нежный, алый, как только что сорванная смоква, брови холеные, подведенные высокой дугою, темные глаза светились умом и настороженностью, высокая белоснежная шея выступала из зеленого с золотом наряда, белые руки, узкие, с длинными пальцами, покоились на коленях, запястья перехвачены широкими золотыми браслетами.

Сиддхартха любовался ее красотой, и сердце его смеялось. Когда паланкин был уже близко, он склонился в глубоком поклоне и, выпрямляясь, заглянул в белоснежное прекрасное лицо, мгновенье читал в умных глазах под высокими дугами бровей, вдохнул неведомый аромат. С улыбкой кивнула красавица ему в ответ, мгновенье — и она исчезла в саду, а за нею и вся челядь.

«Вот так вхожу я в этот город, — думал Сиддхартха, — под благим знаком». Его тянуло немедля войти в сад, но он опамятовался и лишь теперь осознал, как смотрели на него челядинцы у входа, как презрительно, как недоверчиво, как враждебно.

«Я пока еще самана, — думал он, — пока еще аскет и попрошайка. Нельзя мне оставаться таким, нельзя таким войти в сад». И он рассмеялся.

Первого же встречного спросил он о роще и об имени женщины и узнал, что это сад Камалы, знаменитой куртизанки, и что, кроме рощи, у нее есть дом в городе.

Засим Сиддхартха вошел в город. Теперь у него была цель.

Преследуя эту цель, он позволил городу поглотить себя, плыл в потоке улиц, останавливался на площадях, отдыхал на каменных ступенях у реки. К вечеру он сдружился с неким подручным цирюльника, которого видел за работой под сенью арки, а потом встретил за молитвою в храме Вишну, и рассказал ему истории о Вишну и Лакшми. Заночевал он возле лодок, у реки, а рано утром, прежде чем в цирюльню явились первые клиенты, новый знакомец сбрил ему бороду, постриг волосы, причесал их и умастил благовонным маслом. Потом Сиддхартха омылся в реке.

Когда же перевалило за полдень и красавица Камала отправилась в паланкине в свой сад, у входа стоял Сиддхартха, он поклонился, и куртизанка ответила поклоном. А тому челядинцу, что был последним в процессии, он сделал знак подойти ближе и попросил доложить госпоже, что молодой брахман желает поговорить с нею. Через некоторое время слуга вернулся, пригласил ожидающего войти, молча проводил его в павильон, где на диване возлежала Камала, и оставил их наедине.

— Не ты ли и вчера стоял у входа и приветствовал меня? — спросила Камала.

— Да, я еще вчера видел тебя и приветствовал.

— Но ведь вчера ты был с бородой, и с длинными волосами, и с пылью в волосах?

— А ты наблюдательна и все разглядела. Ты видела Сиддхартху, сына брахмана, который покинул родные края, чтобы стать подвижником-саманой, и три года был им. Теперь же я оставил эту стезю и пришел сюда, в город, и первая, кто встретилась мне под его стенами, была ты. Чтобы высказать это, я и пришел к тебе, о Камала! Ты первая женщина, с которой Сиддхартха говорит, не потупляя взора. И никогда более я не опущу глаз, встретив красивую женщину.

Камала улыбнулась, играя веером из павлиньих перьев. И спросила:

— В самом ли деле Сиддхартха пришел ко мне, только чтобы это высказать?

— Да, чтобы это высказать и поблагодарить тебя за то, что ты так прекрасна. И если ты не против, я хотел бы просить тебя: стань моей подругой и наставницей, ибо я ничего пока не знаю об искусстве, в котором ты достигла мастерства.

Громко рассмеялась Камала:

— Никогда до сих пор не бывало, друг мой, чтобы самана из лесу пришел ко мне и желал учиться у меня! Никогда до сих пор не бывало, чтобы пришел ко мне самана, длинноволосый, в старой дырявой повязке на бедрах! Много юношей приходят ко мне, есть среди них и сыновья брахманов, но приходят они в красивых одеждах, изящных сандалиях, с благовониями в волосах и деньгами в кошельке. Вот, о самана, каковы юноши, что приходят ко мне.

И молвил Сиддхартха:

— Я уже начинаю учиться у тебя. И вчера тоже кой-чему научился. Я уже сбрил бороду, причесал волосы, умастил их благовонным маслом. Лишь малого недостает мне, о прелестнейшая: красивых одежд, изящных сандалий, денег в кошельке. Знай же, Сиддхартха брался за куда более трудные дела, чем эти пустяки, и добивался успеха. Так разве не добьюсь я того, что задумал вчера: стать твоим другом и познать от тебя радости любви! Ты увидишь, я прилежный ученик, Камала, я постигал куда более трудное, нежели то, чему будешь учить меня ты. Итак, Сиддхартха — такой, каков он есть: с благовониями в волосах, но без одежды, без сандалий, без денег, — не удовлетворяет тебя?

Смеясь, воскликнула Камала:

— Нет, дорогой мой, пока не удовлетворяет. Ему необходима одежда, нарядная одежда, и сандалии, нарядные сандалии, и много денег в кошельке, и подарки для Камалы. Ну, теперь ты понял, самана из леса? Теперь запомнил?

— Конечно, запомнил! — вскричал Сиддхартха. — Как же не запомнить то, что произносят такие уста! Твои уста, Камала, как свежая смоква. И мои уста алы и свежи, под стать твоим, вот увидишь... Но скажи, красавица Камала, неужели ты совсем не боишься лесного саманы, что пришел учиться любви?

— А почему я должна бояться какого-то саманы, глупого лесного подвижника, что пришел от шакалов и знать еще не знает, что такое женщина?

— О, он сильный, этот самана, и ничего не страшится. Он мог бы принудить тебя, прекрасная дева. Мог бы тебя украсть. Причинить тебе боль.

— Нет, самана, этого я не боюсь. Разве подвижник или брахман боялся когда-нибудь, что придет некто, и схватит его, и украдет у него ученость, и набожность, и глубокомыслие? Нет, они принадлежат ему неотъемлемо, и он может лишь поделиться ими, отдать столько, сколько пожелает, и тому, кому пожелает. Вот так в точности обстоит и с Камалой, и с утехами любви. Прекрасны и алы уста Камалы, но попробуй поцеловать их вопреки ее желанию, и ты не вкусишь ни капли их сладости, а ведь они умеют дать так много услады! Ты прилежен в ученье, Сиддхартха, усвой же и это: любовь можно вымолить, купить, получить в дар, найти на улице, но украсть ее нельзя. Тут ты избрал себе ложный путь. Н-да, жаль, когда красивый юноша вроде тебя приступает к делу до такой степени неправильно.

Сиддхартха с улыбкой поклонился.

— И вправду жаль, Камала, ты совершенно права! Очень жаль. Нет уж, ни капли сладости твоих уст не должно пропасть для меня втуне, а для тебя — моих! Стало быть, порешим так: Сиддхартха вернется, когда у него будет недостающее — одежда, сандалии, деньги. Но скажи, прелестная Камала, не дашь ли ты мне на прощанье маленький совет?

— Совет? Отчего же, дам. Кто откажет в совете бедному, невежественному самане, который пришел от лесных шакалов?

— Так посоветуй же мне, дорогая Камала, куда я должен пойти, чтобы поскорее обрести эти три вещи?

— Многие хотели бы это знать, друг мой. Делай то, чему ты научился, и пусть тебе дают за это деньги, одежду и сандалии. Что же ты умеешь?

— Я умею размышлять. Умею ждать. Умею поститься.

— И больше ничего?

— Ничего. Хотя нет, еще я умею слагать стихи. Подаришь мне поцелуй за стихотворение?

— Подарю, если твои стихи мне понравятся. Каково их название?

Сиддхартха с минуту подумал и произнес такие стихи:

Прекрасная вошла в тенистый сад Камала,
У входа в сад стоял темный ликом самана.
Завидев дивный лотоса бутон, глубоко
Он поклонился, и кивнула с улыбкою Камала.
Милее, юноша думал, чем жертву творить богам,
Милее жертву сложить к ногам прекрасной
Камалы.

Громко захлопала в ладоши Камала, золотые браслеты так и зазвенели.

— Хороши твои стихи, темный ликом самана, и поистине я ничего не потеряю, если дам тебе за них поцелуй.

Взглядом призвала она его к себе, он наклонил к ней лицо и коснулся губами ее губ, свежих, как только что сорванная смоква. Долго целовала его Камала, и с глубоким изумлением чувствовал Сиддхартха, как она учит его, как она мудра, как она властвует им, отталкивает его и притягивает и как выстраивается за этим первым поцелуем длинная, ровная, проверенная вереница других, грядущих поцелуев, непохожих один на другой. Глубоко дыша, он замер и был в это мгновенье как ребенок изумлен полнотою знания, которое открылось его взору и было так достойно постижения.

— Очень хороши твои стихи, — воскликнула Камала, — будь я богата, я бы дала тебе за них золота. Но стихами трудно заработать такие большие деньги, какие нужны тебе. Ибо, если ты хочешь стать другом Камалы, тебе понадобятся большие деньги.

— Как же ты умеешь целовать, Камала! — пролепетал Сиддхартха.

— Да, это я умею, вот почему у меня в достатке и платьев, и сандалий, и прочих красивых вещей. Но что станется с тобою? Неужели ты только и умеешь, что размышлять, поститься, слагать стихи?

— Еще я знаю жертвенные песнопения, — сказал Сиддхартха, — но мне больше не хочется их петь. И заклинания знаю, но мне больше не хочется их читать. Я читал священные книги...

— Погоди, — перебила его Камала. — Ты умеешь читать? И писать?

— Конечно. Не один я умею.

— Большинство не умеет. И я не умею. Очень хорошо, что ты умеешь читать и писать, очень хорошо. Да и заклинания тоже могут пригодиться.

В этот миг вбежала прислужница и шепотом сообщила что-то на ухо госпоже.

— Ко мне пришли, — воскликнула Камала. — Поспеши исчезнуть, Сиддхартха, никто не должен тебя здесь видеть, запомни! Завтра мы увидимся вновь.

Прислужнице она, однако ж, приказала дать набожному брахману белую верхнюю накидку. Сам не зная как, Сиддхартха следом за прислужницей выбрался из павильона, и она окольной дорогой прошла с ним в садовый домик, подарила накидку, затем вывела в заросли и настоятельно призвала поскорее незаметно удалиться.

Удовлетворенный, он сделал как велено. Будучи привычен к лесу, он бесшумно через живую изгородь выскользнул из сада. Удовлетворенный, вернулся в город, неся под мышкой свернутую накидку. На постоялом дворе, где останавливались проезжающие, он стал у двери, молча попросил поесть, молча принял кусок рисового пирога. Может быть, уже завтра, думал он, я никого не попрошу более о пропитании.

Внезапно в нем вспыхнула гордость. Он больше не самана, и негоже ему теперь просить милостыню. Он отдал пирог собакам, а сам остался без пищи.

«Проста жизнь в этом мире, — думал Сиддхартха. — Нет в ней трудностей. Когда я был саманой, все оказывалось трудно, утомительно и в конечном счете безнадежно. А теперь все легко, как уроки поцелуев, которые мне дает Камала. Я нуждаюсь в деньгах и одежде, и только, а это мелкие ближние цели, сну они не помеха».

Он давно разузнал, где находится городской дом Камалы, и на следующий день пришел туда.

— Все хорошо! — крикнула она ему навстречу. — Тебя ждут у Камасвами, он самый богатый купец в этом городе. Если ты ему понравишься, он возьмет тебя на службу. Будь умен, темный ликом самана. Я попросила, чтобы ему рассказали о тебе. Будь приветлив с ним, ибо человек он весьма могущественный. Но не скромничай сверх меры! Я не хочу, чтобы ты стал его слугой, ты должен стать ему ровней, иначе я буду недовольна. Камасвами понемногу стареет и делается ленив. Если ты ему потрафишь, он многое тебе доверит.

Сиддхартха поблагодарил ее и засмеялся, а Камала, узнав, что он ни вчера, ни сегодня не ел, велела принести хлеба и фруктов и угостила его.

— Тебе повезло, — сказала она на прощание, — все двери отворяются перед тобою. Как это получается? Ты волшебник?

Сиддхартха ответил:

— Вчера я сказал тебе, что умею размышлять, ждать и поститься, ты же нашла, что от этого нет никакого проку. Однако прок есть, и большой, Камала, вот увидишь. Увидишь, что глупые саманы узнают в лесу прелюбопытные вещи и умеют много такого, чего не умеете вы. Еще позавчера я был шелудивым попрошайкой, вчера я уже целовал Камалу, а скоро стану купцом и буду иметь и деньги, и все эти вещи, которые ты ценишь.

— Пожалуй, — согласилась она. — Но как бы пошли твои дела без меня? Чем бы ты был, если б Камала не помогла тебе?

— Дорогая Камала, — сказал Сиддхартха и выпрямился во весь рост, — придя в твой сад, я сделал первый шаг. Я твердо решил учиться любви у прекраснейшей из женщин. И с той же минуты, как я принял это решение, я знал, что выполню его. Знал, что ты мне поможешь; едва увидев тебя у входа в сад — уже знал это.

— А если бы я не пожелала?

— Ты пожелала. Видишь ли, Камала: когда бросаешь в воду камень, он кратчайшим путем торопится ко дну. Вот так же бывает, когда у Сиддхартхи есть цель, когда он принимает решение. Сиддхартха ничего не делает, он ждет, он размышляет, он постится, но проходит сквозь мирские дела точно камень сквозь воду, ничего не делая, не шевелясь; его тянет, он позволяет себе упасть. Цель тянет его к себе, ибо он не допускает в свою душу ничего, что могло бы воспротивиться цели. Вот чему Сиддхартха научился у подвижников. Вот что глупцы именуют колдовством, полагая, что творят его демоны. Ничего демоны не творят, демонов не существует. Каждый сможет колдовать, каждый сможет достичь своей цели, если умеет размышлять, умеет ждать, умеет поститься.

Камала слушала его. Она любила его голос, любила взор его глаз.

— Возможно, все так, как ты говоришь, друг мой, — тихо проговорила она. — А возможно, Сиддхартха просто красивый мужчина, и взор его нравится женщинам, и потому счастье идет ему навстречу.

Поцелуем Сиддхартха распрощался с нею.

— Пусть будет так, моя наставница. Пусть взор мой всегда нравится тебе, пусть всегда счастье приходит ко мне от тебя!

Среди ребячливых людей

Сиддхартха отправился к купцу Камасвами и попал в богатый дом. Слуги провели его меж бесценными коврами в покой, где он стал ждать хозяина.

Наконец Камасвами пришел — проворный, гибкий мужчина с сильной проседью в волосах, с очень умными, сторожкими глазами, с чувственным ртом. Приветливо поздоровались хозяин и гость.

— Мне сказали, — начал купец, — что ты брахман, ученый и, однако же, ищешь службы у купца. Ты в нужде, брахман, и оттого ищешь службы?

— Нет, — отвечал Сиддхартха, — я не в нужде, и никогда в нужде не бывал. Знай же, я пришел от подвижников-саманов, у которых долго жил.

— Если ты пришел от подвижников, то как же ты не в нужде? Ведь у саманов нет никакого имущества, верно?

— Имущества у меня нет, — сказал Сиддхартха, — если ты это имеешь в виду. Разумеется, нет. Но у меня его нет по доброй воле, а значит, я не в нужде.

— На что же ты собираешься жить, если у тебя нет никакого имущества?

— Я пока не думал об этом, господин. Более трех лет я не владел имуществом и вовсе не думал о том, на что жить.

— Выходит, ты жил за счет имущества других.

— Возможно. Так ведь и купец живет за счет достояния других.

— Хорошо сказано. Однако ж он берет собственность других не задаром; взамен он дает им свои товары.

— Похоже, так оно и есть на самом деле. Каждый берет, каждый дает — такова жизнь.

— Но позволь: если ты не владеешь имуществом, что ты отдашь?

— Каждый отдает то, что имеет. Воин отдает силу, купец — товар, учитель — наставление, крестьянин — рис, рыбак — рыбу.

— Верно, верно. Что же в таком случае можешь отдать ты? В чем твоя ученость? Что ты умеешь?

— Я умею думать. Умею ждать. Умею поститься.

— И это все?

— По-моему, в этом все!

— А какой от этого прок? К примеру, пост — на что он нужен?

— На очень многое, господин. Когда человеку нечего есть, самое умное, что он может сделать, — это поститься. И если б Сиддхартха не научился поститься, ему поневоле пришлось бы сегодня же поступить на службу — к тебе или к кому-то еще, ибо голод принудил бы его. А так Сиддхартха может спокойно подождать, ему неведомо нетерпение, неведома нужда, долго может он выдержать осаду голода, еще и посмеется вдобавок. Вот на что нужен пост, господин.

— Твоя правда, самана. Погоди минутку. — Камасвами вышел и вернулся со свитком, который протянул гостю, спросив: — Ты можешь прочитать вот это?

Сиддхартха устремил взгляд на свиток, где был записан договор о продаже, и начал читать вслух.

— Превосходно, — сказал Камасвами. — А не напишешь ли мне что-нибудь на этом листе?

Он подал Сиддхартхе лист и грифель, юноша набросал несколько строк и вернул лист.

Камасвами прочитал:

— «Писать — это хорошо, думать — лучше. Ум — хорошо, терпение — лучше». Ты прекрасно пишешь, — похвалил он. — Кое-что мы с тобою еще должны обсудить. А нынче прошу тебя: будь моим гостем и остановись в моем доме.

Сиддхартха поблагодарил и принял приглашение, поселившись отныне в доме купца. Ему принесли одежду и сандалии, и один из прислужников ежедневно готовил ему купание. Дважды на дню подавали обильную трапезу, но Сиддхартха ел только раз и не брал в рот ни мяса, ни вина. Камасвами рассказывал ему о своей торговле, показывал товары и хранилища, показывал счета. Много нового узнал Сиддхартха, много слушал и мало говорил. И памятуя речи Камалы, он никогда не лебезил перед купцом, а вынуждал Камасвами обходиться с ним как с ровней, и даже более чем ровней. Камасвами вел дела с тщанием, а зачастую и с пылом. Сиддхартха же видел во всем этом как бы игру, правила которой старался заучить в точности, но содержание игры не задевало его за сердце.

Пробывши в доме Камасвами совсем недолгое время, он уже стал участвовать в торговых делах хозяина. Однако изо дня в день навещал в условленный час красавицу Камалу, в красивых одеждах, в изящных сандалиях, а скоро и с подарками. Многому его научил алый, умный ее рот. Многому его научила нежная, гибкая ее рука. Его, сущего отрока в любви, который готов был слепо и жадно, точно в бездну, ринуться в наслаждение, она обучала с самых азов, втолковывала, что нельзя принимать наслаждение, не отдавая наслаждения взамен, и что всякий жест, всякая ласка, всякое прикосновение, всякий взор, всякое местечко плоти таит свой секрет, пробуждение которого сулит сведущему блаженство. Она втолковывала ему, что влюбленным не должно после празднества любви расставаться, не восхищаясь друг другом, не будучи одинаково побежденными и победителями, тогда не завладеют ими ни пресыщенность и пустота, ни злое чувство, будто оба они скверно обошлись друг с другом. Упоительные часы проводил он у прекрасной и умной мастерицы, сделался учеником ее, и любовником, и другом. Здесь, у Камалы, сосредоточены были суть и ценность его теперешней жизни, а не в торговле Камасвами.

Купец поручил ему написание важных писем и договоров и привык советоваться с ним обо всех важных делах. Скоро он увидел, что Сиддхартха мало разбирается в рисе и шерсти, в речных перевозках и коммерции, зато у него легкая рука и он превосходит его, купца, спокойствием и уравновешенностью, умением слушать и пониманием незнакомых людей.

— Этот брахман, — сказал он одному из друзей, — не настоящий купец и никогда таковым не станет, душа его не увлечена делами. Но он владеет секретом удачи, он из тех людей, к которым успех приходит сам собою, — то ли он рожден под счастливой звездой, то ли умеет колдовать, то ли научился этому у саманов. Всегда он лишь как бы играет с делами, никогда они полностью не занимают его, не подчиняют себе, никогда не страшится он неудачи, никогда его не огорчает убыток.

Друг посоветовал купцу:

— Отдай ему треть барыша от сделок, которые он за тебя совершает, но пусть несет и такую же долю убытка, коли таковой возникнет. Тогда у него прибудет рвения.

Камасвами внял совету. Однако ж Сиддхартху все это нимало не интересовало. Случись барыш, он безразлично принимал свою долю; случись убыток — со смехом говорил:

— Ах, надо же, не повезло!

Дела и вправду словно бы оставляли его равнодушным. Как-то раз он отправился в деревню, намереваясь скупить там большой урожай риса. Но к его приезду рис уже был продан другому торговцу. И все же Сиддхартха задержался в той деревне на несколько дней, угощал крестьян, дарил их ребятишкам медные монетки, отпраздновал чью-то свадьбу и вернулся в город весьма довольный. Камасвами стал его корить за то, что он не вернулся сразу, что зря потратил время и деньги. Сиддхартха ответил:

— Оставь упреки, дорогой мой друг! Упреками ничего путного не добьешься. Коли есть урон, отнеси его за мой счет. Я очень доволен этой поездкой. Я познакомился с множеством разных людей, подружился с одним брахманом, качал на коленях ребятишек, крестьяне показывали мне свои поля, никто и не думал, что я торговец.

— Вот это замечательно! — с досадой вскричал Камасвами. — Но ведь ты все-таки торговец, по-моему! Или ты ездил туда лишь ради собственного удовольствия?

— Конечно, — засмеялся Сиддхартха, — конечно, ради собственного удовольствия. А как же иначе? Я знакомился с новыми людьми и с новыми местами, я встречал дружелюбие и доверие, я нашел дружбу. Видишь ли, мой дорогой, будь я Камасвами, то, узнав, что сделка пошла прахом, я бы немедля в сердцах поспешил обратно, и время и деньги вправду были бы потеряны. А так я хорошо провел эти дни, учился, радовался, не навредил ни себе, ни другим злостью и скоропалительностью. И если когда-нибудь мне доведется снова там побывать, быть может с целью покупки очередного урожая или по какой-то иной причине, меня приветливо и радостно встретят приветливые люди, и я скажу себе спасибо за то, что не проявил тогда поспешности и недовольства. Так что оставь, друг мой, не вреди сам себе укорами! Вот когда ты в один прекрасный день ясно увидишь, что от этого Сиддхартхи тебе сплошной убыток, — тогда по первому твоему слову Сиддхартха уйдет своей дорогой. А до тех пор давай будем довольны друг другом.

Тщетны были и попытки купца убедить Сиддхартху, что он ест его, Камасвами, хлеб. Сиддхартха ел свой собственный хлеб, точнее говоря, оба они ели хлеб других, хлеб всех. Никогда Сиддхартха не интересовался заботами Камасвами, а забот у Камасвами было много. То какая-нибудь сделка грозила обернуться неудачей, то едва не терялась партия товара, то должник вроде бы оказывался неплатежеспособным — и никогда Камасвами не мог убедить своего помощника в необходимости досадливых и гневных слов, хмурых морщин на лбу, плохого сна. Когда Камасвами однажды с упреком сказал, что всему, в чем Сиддхартха разбирается, он выучился у него, тот ответил:

— Негоже строить надо мной этакие насмешки! От тебя я узнал, сколько стоит корзина рыбы и какой процент можно потребовать за ссуженные в долг деньги. Вот твои науки. Думать я научился не у тебя, милейший Камасвами, ты бы лучше сам постарался выучиться этому у меня.

Душой он и вправду был не в торговле. Дела служили затем, чтобы обеспечивать его деньгами для Камалы, и приносили они куда больше, чем требовалось. В остальном же интерес и любопытство Сиддхартхи принадлежали людям, чьи дела, ремесла, заботы, услады и чудачества раньше казались ему чуждыми и далекими, как луна. Ему с легкостью удавалось со всеми разговаривать, со всеми вместе жить, у всех учиться — и однако же он отчетливо сознавал: что-то отделяет его от них, и это — его подвижничество. У него на глазах люди жили одним днем, как дети или животные, такая жизнь и нравилась ему, и вызывала презрение. Он видел, как они надрываются, как страдают и седеют из-за вещей, которые, на его взгляд, совершенно того не стоили, — из-за денег, из-за мелких удовольствий, из-за мелких почестей, — видел, как они бранят друг друга и оскорбляют, как сетуют на боль, над которой подвижник-самана только смеется, и страждут от лишений, которых подвижник не замечает.

Он был открыт для всего, что эти люди к нему несли. Всех привечал одинаково — и торговца, предлагающего полотно, и должника, ищущего ссуды, и нищего, который не меньше часа рассказывал ему историю своей скудости, но не был и вполовину так нищ, как любой самана. К богатому иноземному купцу он относился в точности так же, как к слуге-брадобрею и к уличному торговцу, который продавал бананы и обманул его на мелкую монетку. Когда Камасвами приходил пожаловаться на свои горести или попенять за какую-либо сделку, он слушал весело и с любопытством, удивлялся на него, старался понять, признавал его правоту, немножко, ровно настолько, насколько считал необходимым, и отворачивался от него к следующему, который его домогался. А приходили к нему многие — многие, чтобы с ним торговать, многие, чтобы его обмануть, многие, чтобы осторожно расспросить, многие, чтобы разжалобить, многие, чтобы услышать его совет. Он давал совет, он сочувствовал, он позволял немножко себя обмануть, и вся эта игра и страсть, с какой все люди играли в эту игру, занимала его мысли точно так же, как некогда их занимали боги и Брахман.

Временами он чувствовал — в глубине своего сердца — угасающий, тихий голос, и этот голос тихо остерегал, тихо жаловался и был едва внятен. Тогда он на часок осознавал, что ведет странную жизнь, что все поступки его суть только игра, что, хотя он весел и порой испытывает радость, подлинная жизнь, однако, течет мимо и его не затрагивает. Как игрок в мяч играет своими мячами, так он играл своими сделками и окружающими людьми, наблюдал за ними со стороны, находил в них удовольствие; сердце же, источник его сущности, оставалось безучастно. Источник струился как бы где-то вдали от него, струился себе и струился, незримый, безотносительный к его жизни. И он не раз пугался этих мыслей и пылко желал, чтобы и ему дано было увлеченно, всем сердцем участвовать в каждодневной ребячливой суете, поистине жить, поистине действовать, поистине наслаждаться и жить, вместо того чтоб быть просто зрителем и стоять в стороне.

Но он всегда вновь приходил к красавице Камале, постигал искусство любви, отправлял культ наслаждения, в котором более чем где-либо сливались воедино «отдавать» и «брать», разговаривал с нею, учился у нее, давал советы и получал оные. Она понимала его лучше, нежели когда-то Говинда, она больше походила на него.

Однажды он сказал ей:

— Ты как я, ты не такая, как большинство людей. Ты Камала, единственная и неповторимая, и в сердце твоем есть умиротворенное прибежище, в любое время ты можешь укрыться там и побыть наедине с собою — подобная возможность дарована и мне тоже. Не многие из людей обладают этим, а ведь могли бы обладать все.

— Не все люди наделены умом, — ответила Камала.

— Нет, — возразил Сиддхартха, — дело не в этом. Камасвами столь же умен, как я, однако не имеет прибежища в сердце своем. Зато оно есть у других, хотя по разуму они малые дети. Большинство людей, Камала, подобны сорванным листьям, которые порхают и кружатся в воздухе, и трепещут, и падают наземь. Иные же, немногие, подобны звездам, их путь неизменен, никакой ветер им не страшен, у них в сердце и закон, и путь. Среди всех ученых и подвижников — а я знавал многих — лишь один был такого склада и отличался совершенством, никогда я не забуду его. Это — Готама,

Возвышенный, провозвестник того самого учения. Тысячи учеников слышат каждый день его проповедь, следуют каждый час его наставлению, но все они — сорванные листья, нет у них в сердце учения и закона.

Камала смотрела на него с улыбкой.

— Опять ты говоришь о нем, — сказала она, — опять думаешь как самана!

Сиддхартха умолк, и они затеяли любовную игру, одну из трех или четырех десятков игр, знакомых Камале. Телом она была гибкая, как ягуар, как охотничий лук; кто обучался любви у нее, тот постигал многие услады, многие тайны. Долго играла она с Сиддхартхой, манила его, и отталкивала, и смиряла, и крепко сжимала, и радовалась его мастерству, пока он не был побежден и не лежал обок нее в изнеможении.

Гетера, склонясь над ним, долго смотрела ему в лицо, в утомленные глаза.

— Ты, — задумчиво произнесла она, — лучший возлюбленный, какого я видела. Ты сильнее других, гибче, податливее. Хорошо ты усвоил мое искусство, Сиддхартха. Я хочу от тебя ребенка, но потом, когда стану старше. И все-таки, мой дорогой, ты остался монахом-подвижником, все-таки ты не любишь меня, не любишь никого из людей. Ведь правда же?

— Быть может, и правда, — устало молвил Сиддхартха. — Я как ты. Ты тоже не любишь — иначе как бы могла ты заниматься искусством любви? Люди вроде нас, наверное, не умеют любить. Ребячливые люди умеют, и это их секрет.

Сансара

Долго Сиддхартха вкушал наслаждения, жил мирской жизнью и, однако ж, не был с нею связан. Чувства, которые он умерщвлял в горячие годы саманства, вновь пробудились, он изведал богатство, изведал сладострастие, изведал власть; и все же в глубине души он долго еще оставался подвижником, это Камала, умница, правильно разглядела. Всегда жизнью его управляло искусство размышлять, ждать, поститься, и до сих пор мирской люд, ребячливый люд оставался ему чужд, равно как и он оставался чужд для них.

Шли годы; средь благоденствия Сиддхартха почти не ощущал их бега. Он разбогател, давно обзавелся собственным домом и прислугой, и садом за пределами города, у реки. Люди любили его, приходили к нему, когда нуждались в деньгах и в совете, но близок ему не был никто, кроме Камалы.

То высокое и светлое чувство пробуждения, какое он изведал когда-то, на вершине юности, в дни после проповеди Готамы, после разлуки с Говиндой, то напряженное ожидание, то гордое одиночество без наставлений и без наставников, та покорная готовность слушать божественный голос в собственном своем сердце стали мало-помалу воспоминаниями, оказались преходящи; далеко и тихо журчал священный источник, который был когда-то совсем близко, журчал когда-то в нем самом. Правда, многое из того, что он воспринял от подвижников, чему научился у Готамы, перенял у отца своего, брахмана, еще долгое время сохранялось в нем: скромные потребности, радость размышления, часы медитации, тайное знание о самости, о вечном «я», каковое не есть ни плоть, ни сознание. Кое-что из этого в нем сохранилось, но одно за другим кануло на дно и покрылось пылью. Как гончарный круг, однажды приведенный в движение, еще долго вращается, лишь помалу, словно от усталости, теряя скорость, так и в душе Сиддхартхи еще долго вращалось колесо аскезы, колесо размышления, колесо распознания, вращалось оно и теперь, только очень медленно, как бы нерешительно, готовое вот-вот остановиться. Мало-помалу — подобно влаге, которая, проникая в омертвелый древесный пень, мало-помалу насыщает его и вызывает гниение, — мирская леность проникла в душу Сиддхартхи, мало-помалу напитала ее, наполнила тяжкой усталостью, усыпила. Зато ожили его чувства, многому научились, многое узнали.

Сиддхартха научился торговать, властвовать людьми, развлекать себя женщиной, научился носить красивую одежду, отдавать распоряжения челяди, купаться в благовонной воде. Он научился вкушать нежную, старательно приготовленную пищу: и рыбу, и мясо, и птицу, приправы и сласти, — и пить вино, приносящее вялость и забвение. Он научился играть в кости и в шахматы, любоваться танцовщицами, пользоваться паланкином, спать на мягком ложе. Но по-прежнему чувствовал свое отличие от других и превосходство над ними, по-прежнему смотрел на них с легкой насмешкой, с легким насмешливым презрением — тем самым, с каким подвижник относится к мирянам. Когда Камасвами хандрил, сердился, бывал в обиде, когда его мучили купеческие заботы, Сиддхартха неизменно взирал на это с насмешкой. Лишь помалу и незаметно, меж тем как время жатвы раз за разом сменялось сезоном дождей, насмешка его притомилась, поутихло чувство превосходства. Лишь помалу, все глубже утопая в роскоши, Сиддхартха и сам перенял кое-что от натуры ребячливых людей, крупицу их ребячливости и боязливости. И все же он завидовал им, завидовал тем сильнее, чем больше на них походил. Он завидовал одному-единственному, что было у них и чего он не имел, — той важности, какую они умудрялись придать своей жизни, пылу их радостей и страхов, пугливому, но сладкому счастью их вечной влюбленности. Ведь эти люди были постоянно влюблены — в себя, в женщин, в своих детей, в почести и деньги, в замыслы и надежды. А он не перенял у них этого, именно этого — ребячливой радости и ребячливого безрассудства; он перенял как раз неприятное, им презираемое. Все чаще утром после ночной пирушки он подолгу лежал в постели, чувствуя себя глупым и усталым. Случалось, он сердился и терял терпение, когда Камасвами надоедал ему своими заботами. Случалось, он слишком громко хохотал, когда проигрывал в кости. Его лицо попрежнему было умнее и одухотвореннее, чем у других, однако ж смеялось оно редко и помалу одну за другой приобретало черты, которые сплошь да рядом обнаруживаешь в лицах богачей, — черты недовольства, хандры, дурного настроения, вялости, равнодушия. Помалу Сиддхартхой завладевала душевная болезнь богачей.

Словно дымка, словно легкий туман, окутывала Сиддхартху усталость, мало-помалу с каждым днем густея, с каждым месяцем уплотняясь, с каждым годом тяжелея. Подобно тому как новое платье со временем ветшает, утрачивает свой красивый цвет, покрывается пятнами, мнется, обтрепывается по подолу и начинает тут и там являть глазу потертые места, так и новая жизнь, которую Сиддхартха начал, расставшись с Говиндой, ветшала, утрачивала с годами блеск и яркие краски, покрывалась складками и пятнами, а в глубине, сокрытые, но уже уродливо проглядывающие тут и там, поджидали разочарованность и омерзение. Сиддхартха этого не замечал. Он замечал только, что звонкий и уверенный голос сердца, некогда пробудившийся в нем и в лучшие его годы всегда им руководивший, стал молчалив.

Мирское полонило его, наслажденье, чувственность, леность, а в довершение всего еще и тот порок, который он считал до крайности глупым и более чем презренным и постоянно высмеивал, — стяжательство. Собственность, имущество и богатство в конце концов полонили его, стали уже не просто игрой и безделицей, а оковами и тяжким бременем. Странным и лукавым путем угодил Сиддхартха в эти последние и самые гнусные путы — через игру в кости. С тех пор как перестал в сердце своем быть саманой, он начал со все большим азартом и страстью играть на деньги и драгоценности, в чем прежде участвовал лишь рассеянно, посмеиваясь, полагая это занятие привычкой ребячливых людей. Он стал опасным игроком, мало кто осмеливался играть против него, так высоки и дерзки были его ставки. Играл же он по сердечной необходимости: проигрывая и транжиря презренный металл, он испытывал злую радость и не мог отчетливее, глумливее выразить свое небрежение богатством, этим идолом купечества. Вот и играл, по-крупному, без пощады, ненавидя себя, глумясь над собой, загребал тысячи, швырял тысячи на ветер, проигрывал деньги, проигрывал драгоценности, проигрывал загородный дом, отыгрывал и проигрывал вновь. Страх, жуткий, гнетущий страх, который снедал его, когда бросали кости, когда он холодел от боязни за свои высокие ставки, — этот страх он любил и жаждал вновь ощутить его, вновь разжечь, обострить до предела, ибо в одном только этом чувстве находил он подобие счастья, подобие хмеля, подобие возвышенной жизни среди своей жизни, пресыщенной, безразличной, пресной. И после каждого крупного проигрыша Сиддхартха алкал нового богатства, старательней занимался коммерцией, жестче требовал с должников, потому что хотел продолжать игру, хотел продолжать расточительство, выражая свое небрежение богатством. Он утратил хладнокровное отношение к убыткам и проигрышам, утратил терпеливость с забывчивыми плательщиками, доброжелательность к нищим, удовольствие от раздаривания и одалживания денег просителям. Со смехом проигрывая в кости зараз десятки тысяч, в коммерции он стал жестче и мелочнее и ночами порой видел во сне деньги! А стоило ему пробудиться от этих мерзких чар, увидеть в зеркале на стене спальни свое лицо, постаревшее и подурневшее, почувствовать прилив стыда и отвращения — и он опять бежал, бежал в новую азартную игру, в дурман сладострастия и вина, а оттуда назад в омут накопления и приобретательства. Этот бессмысленный круговорот утомил его, состарил, довел до болезни.

И однажды ему приснился вещий сон. Вечером он был у Камалы, в ее прекрасном саду. Они беседовали под сенью дерев, и Камала произнесла задумчивые слова, за которыми таились печаль и усталость. Она попросила рассказать о Готаме, слушала и не могла наслушаться, как чисты были его очи, как безмятежны и прекрасны уста, как добра его улыбка, как умиротворенна поступь. Долго пришлось Сиддхартхе рассказывать о возвышенном Будде, и Камала со вздохом произнесла:

— Когда-нибудь, быть может скоро, и я последую за этим Буддой. Я подарю ему мой сад и обрету прибежище в его учении.

Затем, однако, она раздразнила Сиддхартху и в любовной игре с мучительной страстью привлекла его к себе, покусывая и заливаясь слезами, будто желала выдавить из этого тщеславного, эфемерного упоения последнюю сладкую каплю. Никогда Сиддхартха не сознавал с такой редкостной ясностью, насколько наслаждение сродни смерти. Потом он лежал обок Камалы, и лицо ее было совсем рядом, и под глазами и в уголках рта он как никогда ясно прочитал пугающие письмена — письмена тонких линий, легких морщинок, письмена, напоминающие об осени и старости, да и в своих черных волосах он тоже замечал седину. Усталость была написана на прекрасном лице Камалы, усталость от долгого пути, лишенного радостной цели, усталость, и начало увядания, и затаенный, еще не высказанный, а быть может, даже не осознанный испуг: ужас перед старостью, ужас перед осенью, ужас перед неизбежностью смерти. Вздохнув, он попрощался с нею, и душа его была полна недовольства и затаенного страха.

Ночь Сиддхартха провел дома за бокалом вина, в обществе танцовщиц, с превосходством поглядывая на своих гостей, хотя ни в чем уже их не превосходил, выпил много вина и лег в постель далеко за полночь, усталый и все же возбужденный, близкий к слезам и отчаянию, и долго тщетно пытался заснуть, сердце его было переполнено безысходностью, которую он, казалось, уже не мог вынести, переполнено омерзением, которое пропитывало его, словно отвратительный тепловатый вкус вина, слащавая пустая музыка, слишком елейная улыбка танцовщиц, слишком сладкий запах их грудей и волос. Но омерзительнее всего был он сам, его собственные душистые волосы, винный запах изо рта, вялая усталость и дряблость кожи. Подобно тому как человек, не в меру много съевший или выпивший, в муках извергает все это из себя, радуясь облегчению, так Сиддхартха, лежа без сна, терзаясь чудовищным омерзением, мечтал отринуть эти услады, эти привычки, всю эту бессмысленную жизнь и самого себя. Только с рассветом, когда улица перед его городским домом начала пробуждаться, он смежил веки, на несколько секунд канул в полузабытье, в полудрему. И в эти секунды он увидел сон.

У Камалы в золотой клетке жила редкостная певчая птичка. Она-то Сиддхартхе и приснилась. В сновиденье эта птичка, звонко распевавшая по утрам, вдруг умолкла, а он, заметив ее молчание, подошел и заглянул в клетку: птичка, мертвая, окоченелая, лежала на полу. Он вынул ее из клетки, секунду подержал на ладони и выбросил вон, на улицу, и в тот же миг страшно испугался, и сердце его сжалось от боли, словно вместе с мертвой птичкой он отбросил от себя все доброе и ценное.

В испуге проснувшись, он почувствовал глубокую печаль. Никчемно, так казалось ему, никчемно и бессмысленно прожил он свою жизнь; ничего живого, ничего мало-мальски ценного, заслуживающего сохраниться, у него в руках не осталось. Он был одинок и пуст, точно потерпевший кораблекрушение на берегу.

Угрюмый, отправился Сиддхартха в один из своих садов, запер калитку, сел под манговым деревом, ощущая смерть в сердце и ужас в груди, сидел и чувствовал, как все в нем умирало, увядало, погибало. Постепенно он собрался с мыслями и еще раз, умозрительно, прошел весь свой жизненный путь, с первых дней, какие мог вспомнить. Когда же испытывал он счастье, чувствовал истинное блаженство? О да, несколько раз довелось ему пережить такое. В отрочестве, когда он удостаивался похвалы брахманов, когда, далеко опередив сверстников, с блеском читал священные стихи, вел диспуты с учеными мужами, прекрасно помогал в жертвоприношениях. Тогда сердце его полнилось счастьем и блаженством: «Перед тобою открыт путь призвания, тебя ожидают боги». И позднее, юношей, когда воспаряющая выше и выше цель всех помыслов выхватила его из великого множества жаждущих знания и увлекла за собою, когда он в мученьях бился над смыслом Брахмана, когда всякое обретенное знание лишь распаляло в нем новую жажду, — тогда, снедаемый этой мукой, этой жаждой, он чувствовал то же: «Дальше! Вперед! Ты призван!» Этому голосу он внимал, когда покинул родину и избрал жизнь подвижника, и вновь услышал его, когда ушел от аскетов к Совершенному, а затем и от него, в неизвестность. Как же давно он не слыхал этого голоса, как давно не поднимался на вершины духа, как уныл и ровен был его путь, долгие-долгие годы, без высокой цели, без жажды, без подъема, в довольстве мелких услад и, однако, в вечной неудовлетворенности! Долгие эти годы он, сам того не ведая, стремился стать таким же, как это множество окружающих, как эти дети, а притом жизнь его была куда более жалкой и нищей, чем их жизнь, ведь ни целей их, ни забот он не разделял, весь этот мир людей, подобных Камасвами, был для него только игрой, танцем, которым любуются со стороны, комедией. Лишь одна Камала была ему мила, лишь ею он дорожил — но так ли это теперь? Нужна ли она ему, нужен ли он ей? Не играют ли они в игру, которой нет конца? Надобно ли жить ради этого? Нет, не надобно! Эта игра зовется сансарой, игрою для детей, быть может, она и стоит того, чтобы сыграть в нее один, два, десять раз — но ведь не бесконечно, вновь и вновь?

И тут Сиддхартха понял, что игра кончена, что он более не может в нее играть. Дрожь пробежала по его телу, и он почувствовал, как внутри у него что-то умерло.

Весь день просидел он под манговым деревом, вспоминая отца, вспоминая Говинду, вспоминая Готаму. Стоило ли покидать их, чтобы превратиться в этакого Камасвами? Пришла ночь, а он все сидел, и, когда, подняв голову, увидел звезды, ему подумалось: «Вот я сижу под моим манговым деревом, в моем саду». Легкая улыбка скользнула по его губам — есть ли в этом необходимость? Справедливо ли это? Не глупая ли игра, что он владеет манговым деревом, владеет садом?

Вот и с этим покончено, и это в нем умерло. Он встал, попрощался с манговым деревом, попрощался с садом. Весь день он провел без пищи, и теперь чувствовал сильный голод, и вспомнил свой городской дом, свои покои и ложе, стол с множеством яств. Устало улыбнувшись, он встряхнулся и попрощался со всем этим.

В ночной час покинул Сиддхартха свой сад, покинул город и никогда более туда не возвращался. Его долго искали по приказу Камасвами, который решил, что он угодил в лапы разбойников. Камала не искала его. Узнав, что Сиддхартха исчез, она не удивилась. Разве она не ждала этого все время? Разве не был он подвижником-саманой, бесприютным странником? Отчетливее всего она почувствовала это при последнем свидании и теперь, несмотря на боль утраты, радовалась, что в тот последний раз так нежно привлекла его к своему сердцу, так полно предалась его власти, так им насытилась.

С первым известием об исчезновении Сиддхартхи она подошла к окну, где в золотой клетке держала редкостную певчую птичку. Отворила дверцу, вынула птичку из клетки и выпустила на волю. Долго смотрела она вслед улетающей птице. С этого дня она более никого не принимала, дом ее стоял на запоре. Через некоторое время, однако, она поняла, что после того свидания с Сиддхартхой забеременела.

На реке

Сиддхартха шел лесом, уже далеко от города, твердо зная только одно: возврата нет, та жизнь, какую он вел много лет, иссякла, кончилась, он высосал ее, упился ею до омерзения. Мертва была певчая птица в его груди. Глубоко увяз он в сансаре, омерзение и смерть впитывал он в себя со всех сторон, как губка впитывает воду, пока не наполнится до отказа. И он был до отказа полон досады, полон безысходности, полон смерти, в мире не существовало более ничего, что способно было привлечь его, порадовать, утешить.

Как страстно желал он не знать более ничего о себе, обрести покой, умереть. Пусть же ударит молния и убьет его! Пусть придет тигр и пожрет его! Пусть найдется вино, отравное зелье, что принесло бы ему дурман, забвенье и сон, от которого нет более пробуждения! Есть ли еще грязь, какой он не перепачкался, грех и безрассудство, каких он не совершал, душевное убожество, каким он себя не обременил? Возможно ли жить дальше? Возможно ли снова и снова вбирать воздух и выдыхать его, чувствовать голод, снова есть, снова спать, снова лежать с женщиной? Неужели этот круговорот не исчерпан для него и не закончен?

Сиддхартха вышел к большой реке в лесу, той самой, через которую его, молодого человека, шедшего от Готамы, переправил некогда перевозчик. У этой реки он остановился, в нерешительности остановился на берегу. Усталость и голод обессилили его, да и зачем ему идти дальше — куда, к какой цели? Целей более не было, ничего не было — только глубокая, мучительная жажда целиком стряхнуть с себя этот кошмарный сон, вытошнить это безвкусное вино, положить конец этой жалкой и позорной жизни.

Над берегом склонилось дерево, кокосовая пальма, к ее-то стволу прислонился Сиддхартха плечом, обхватил ствол рукой и глянул вниз, в зеленую воду, непрестанно струившуюся под ним, глянул и преисполнился могучего желания разжать хватку и утонуть в этой воде. Жуткая пустота смотрела ему навстречу из водного зеркала, давая ответ страшной пустоте в его душе. Да, он дошел до предела. Ему оставалось только уничтожить себя, сломать уродливое тело своей жизни, отшвырнуть его под ноги глумливо хохочущим богам. Вот она, великая тошнота, которой он жаждал: смерть, ломка формы, которую он ненавидел! Пусть рыбы сожрут его, этого пса Сиддхартху, этого безумца, эту испорченную, гнилую плоть, эту изнеженную, преступно исковерканную душу! Пусть рыбы и крокодилы сожрут его, пусть демоны разорвут его на куски!

С исказившимся лицом всматривался он в воду, видел свое отражение и плевал в него. Совершенно без сил, он отнял руку от ствола и слегка повернулся, чтобы упасть отвесно, чтобы наконец утонуть. Закрыв глаза, он отдался приближению смерти.

И тут из дальних закоулков его души, из минувших времен усталой его жизни исторгся некий звук. Это было слово, слог, который он бездумно, запинаясь проговорил себе под нос, давний зачин и исход всех брахманических молитв, священное *ом,* означающее «совершенство» или «преображение». И в тот миг, когда звук *ом* достиг уха Сиддхартхи, спящий дух его внезапно пробудился и осознал опрометчивость его поступков.

Глубокий испуг овладел Сиддхартхой. Вот, стало быть, как с ним обстоит, вот как низко он пал, как погряз в заблужденье — ведь вконец потерял рассудок, если мог искать смерти, если в нем могло вырасти такое желание, такое ребячливое желание: обрести покой, уничтожив свою плоть! То, в чем не преуспели все муки недавних времен, все отрезвление, все отчаяние, свершил один этот миг, когда *ом* проник в его разум: он узнал себя в своей слабости и в своем заблужденье.

— *Ом!* — тихо произнес он. — *Ом!* — И вспомнил о Брахмане, вспомнил о несокрушимости жизни, снова вспомнил обо всем божественном, что предал забвению.

Но это был лишь миг, молниеносный проблеск. Сиддхартха опустился наземь подле кокосовой пальмы, положил голову на корень и погрузился в глубокий сон.

Глубок был его сон и свободен от грез, давно уже ему так не спалось. Час-другой спустя, пробудившись, он не мог отделаться от ощущения, будто прошло десять лет; Сиддхартха слушал тихий плеск воды, не ведая, где он и кто его сюда принес, потом открыл глаза, с изумлением увидел над собой небо и вспомнил, где он и как здесь очутился. Но ему потребовалось на это много времени, и минувшее представилось как бы подернутым дымкой, бесконечно чуждым, бесконечно далеким, бесконечно неинтересным. Он сознавал только, что прежнюю свою жизнь (в первую минуту эта прежняя жизнь явилась перед ним как очень далекое былое воплощение, как давнее предрожденье его теперешнего «я»), — что прежнюю свою жизнь он оставил, что, полный гадливости и отвращения, хотел вообще отринуть жизнь, но очнулся у реки, под кокосовой пальмой, со священным словом *ом* на устах, после чего уснул и теперь, пробудившись, новым человеком глядит на мир. Тихо произнес он слово *ом,* с которым засыпал, и показалось ему, будто весь его долгий сон был не что иное, как долгое, сосредоточенное повторение *ом,* мышление *ом,* погружение и полное растворение в *ом,* в безыменном, совершенном.

Все-таки до чего же дивный был сон! Никогда еще сон не освежал его так, не обновлял, не молодил! Может быть, он и правда умер, утонул и вновь родился в новом обличье? Но нет, он знал себя, знал свою руку и свои ноги, знал место, где сейчас лежал, знал это «я» в своей груди, этого Сиддхартху, упрямца, чудака, но тем не менее этот Сиддхартха преобразился, был обновленным, до странности отдохнувшим, до странности бодрым, радостным и любопытным.

Сиддхартха приподнялся и увидел перед собой незнакомца, монаха в желтом одеянье, с бритой головой, сидевшего в позе медитации. Он смотрел на этого человека, у которого не было ни волос на голове, ни бороды, и в скором времени узнал в монахе Говинду, друга своей юности. Говинду, который нашел прибежище у возвышенного Будды. Говинда тоже постарел, но черты лица остались все те же, в них по-прежнему читались пылкая увлеченность, постоянство, искания и боязливость. Когда же Говинда, почувствовав его взгляд, открыл глаза и посмотрел на него, Сиддхартха понял, что Говинда не узнает его. Говинда обрадовался, что он не спит, должно быть, он давно сидел тут, ожидая его пробужденья, хоть и не ведал, кто он.

— Я спал, — сказал Сиддхартха. — А ты откуда взялся?

— Ты спал, — ответил Говинда, — а в местах, где полно змей и бродит лесное зверье, спать нехорошо. Я ученик возвышенного Готамы, Будды,

Шакьямуни, о господин, вместе с нашими я шел этой дорогой и увидел, как ты спишь в таком месте, где спать опасно. Вот почему я попробовал разбудить тебя, господин, но твой сон был очень глубок, и тогда я отстал от своих и сел подле тебя. А после, выходит, сам заснул, хотя собирался оберегать твой сон. Я плохо исполнил мою службу, усталость одержала надо мною верх. Но теперь ты проснулся, так позволь же мне уйти и догнать моих собратьев.

— Спасибо, самана, что ты оберегал мой сон, — молвил Сиддхартха. — Вы, ученики Возвышенного, очень добры. Ну что ж, теперь ты можешь уйти.

— Я ухожу, господин. Будь же всегда в добром здравии.

— Спасибо тебе, самана.

Говинда поклонился и сказал:

— Прощай.

— Прощай, Говинда, — ответил Сиддхартха.

Монах остановился.

— Позволь, господин! Откуда ты знаешь мое имя?

Сиддхартха смотрел на него с улыбкой.

— Я знал тебя, о Говинда, в хижине твоего отца и в школе брахманов, ты мне знаком и по жертвоприношениям, и по нашему странствию к подвижникам-аскетам, и по тому часу, когда в роще Джетавана ты выбрал своим прибежищем Возвышенного.

— Ты — Сиддхартха! — громко вскричал Говинда. — Теперь я узнал тебя и уже не понимаю, как я мог не узнать тебя сразу. Привет же тебе,

Сиддхартха, велика моя радость вновь тебя повстречать!

— Я тоже рад нашей встрече. Ты оберегал мой сон, еще раз благодарю тебя за это, хотя страж мне был не нужен. Куда ты идешь, о друг мой?

— Никуда. Мы, монахи, всегда в пути, пока не начнется сезон дождей, странствуем из одной деревни в другую, живем по уставу, проповедуем ученье, собираем милостыню, продолжаем странствие. И так всегда. А ты, Сиддхартха, куда идешь ты?

И Сиддхартха молвил:

— Со мной обстоит точно так же, друг мой, как с тобою. Мой путь не ведет никуда. Я просто в пути. Просто странствую.

— Ты говоришь, что странствуешь, и я верю тебе, — сказал Говинда. — Но прости, Сиддхартха, с виду ты вовсе не похож на странника. У тебя одежды богача, у тебя сандалии аристократа, а твои волосы, пахнущие благовониями, вовсе не такие, как у странника, не такие, как у саманы.

— Что же, мой дорогой, ты весьма наблюдателен, все видит твой зоркий глаз. Но я ведь не говорил тебе, что я самана. Я сказал, что странствую. И это правда: я действительно странствую.

— Ты странствуешь, — сказал Говинда. — Но мало кто странствует в таких одеждах, мало кто — в таких сандалиях, мало кто — с такими волосами. Никогда я не встречал этаких странников, а ведь я странствую уже долгие годы.

— Я верю тебе, мой Говинда. Однако сегодня, сейчас, ты повстречал именно такого странника, в таких сандалиях, в таких одеждах. Вспомни, мой дорогой, эфемерен мир воплощений, эфемерны, весьма эфемерны наши одежды, и красота наших волос, и сами наши волосы, и плоть. У меня одежды богача, ты верно разглядел. Я ношу их, потому что был богачом, и волосы мои причесаны как у мирянина и сластолюбца, потому что я был одним из них.

— А теперь, Сиддхартха, кто ты теперь?

— Этого я не знаю, как не знаешь и ты. Я в пути. Я был богачом, но уже не богач, а кем я стану завтра, не знаю.

— Ты потерял свое богатство?

— Я потерял его, а может быть, оно — меня. Я лишился его. Быстро кружится колесо воплощений, Говинда. Где брахман Сиддхартха? Где подвижник Сиддхартха? Где богач Сиддхартха? Быстро меняется эфемерное, Говинда, ты это знаешь.

Долго смотрел Говинда на друга своей юности, с сомнением во взоре. Затем поклонился ему, как кланяются людям знатным, и пошел прочь своей дорогой.

С улыбкой на лице Сиддхартха глядел ему вослед, он все еще любил его, постоянного, боязливого. Да и возможно ли, чтобы в этот миг, в этот упоительный час после дивного сна, преисполненный *ом,* Сиддхартха не чувствовал любви? В том-то и заключалось волшебное превращение, происшедшее с ним во сне и благодаря *ом,* — он любил все, он был охвачен радостной любовью ко всему, что видел. И казалось ему, будто прежний, тяжкий его недуг в том и состоял, что он не мог любить ничего и никого.

С улыбкой на лице глядел Сиддхартха вослед уходящему монаху. Сон придал ему сил, но не утолил мучительного голода, ведь он уже два дня ничего не ел, а те времена, когда он был невосприимчив к голоду, давно миновали. Огорченно и все же со смехом вспомнил он те времена. Тогда, вспоминалось ему, он хвастался перед Камалой тремя уменьями, тремя благородными и всепобеждающими искусствами — постом, ожиданием, размышлением. Они были его имуществом, его мощью и силой, его надежной опорой; в тяжелые, кипучие годы юности изучил он эти искусства, и ничего более. Теперь же они утратились, ни одно не мог он назвать своим — ни пост, ни ожидание, ни размышление. На самое жалкое променял он их, на самое преходящее — на чувственное наслаждение, и благополучие, и богатство! Странно все-таки ему жилось. И кажется, именно сейчас он и вправду стал ребячливым человеком.

Сиддхартха задумался о своем положении. Он с трудом собрался с мыслями; в сущности, ему вовсе не хотелось размышлять, но он принудил себя.

«Теперь, — думал он, — когда все эти эфемернейшие вещи вновь ускользнули от меня, теперь я вновь стою под солнцем, как некогда стоял маленьким ребенком, ничто не принадлежит мне, я ничего не умею, я бессилен и неучен. Удивительно! Ныне, когда я уже немолод, когда волосы мои уже изрядно тронуты сединой, когда силы слабеют, — ныне я вновь начинаю сначала, с дитяти!» Невольно он опять улыбнулся. Да, странная у него судьба! Он скатился вниз и теперь вновь стоял в миру нагой, и невежественный, и с пустотою внутри. Но это его нимало не огорчало, нет, напротив, он едва сдерживал смех — смех над собой, над этим странным безрассудным миром.

— Ты катишься вниз! — сказал он себе и рассмеялся, и только он это сказал, взгляд его упал на реку, и он увидел: река тоже катила свои волны вниз, все дальше вниз по течению, да еще и пела, и радовалась. Это пришлось ему по душе, он приветливо улыбнулся реке. Не в ее ли водах он хотел утопиться, когда-то, сто лет назад, или ему все лишь пригрезилось?

«И вправду удивительна была моя жизнь, — думал он, — на удивленье извилистыми были ее пути. Отроком я имел дело только с богами и жертвами. Юношей — только с аскезой, размышлениями и медитацией, искал Брахман, почитал вечное в атмане. Молодым мужчиной я отправился следом за подвижниками, монахом жил в лесу, страдал от зноя и стужи, учился голодать, учил мое тело мертветь. Дивным образом открылось мне затем постиженье в проповеди великого Будды, я чувствовал, как знание о единстве мира кружит во мне, словно собственная моя кровь. Но и Будду, и великое знание я опять вынужден был оставить. Я ушел и учился у Камалы любовному наслаждению, учился у Камасвами торговать, копил деньги, расточал деньги, учился любить свою утробу, услаждать свои чувства. Многие годы понадобились мне, чтобы утратить дух, опять разучиться мыслить, забыть единство. Ведь я медленно, долгими извилистыми путями стал из мужчины ребенком, из мыслителя — ребячливым человеком, разве не так? И все же это был очень хороший путь, и все же птица в моей груди не умерла. Но что это был за путь! Я прошел через столько глупости, через столько порока, через столько заблуждений, через столько мерзости, и разочарования, и бедствий — только чтобы вновь стать ребенком и начать сначала. И так было правильно, сердце мое говорит «да», глаза смеются, глядя на это. Я должен был изведать отчаяние, я должен был опуститься до самой безрассудной из мыслей, до мысли о самоубийстве, чтобы получить в дар благостыню, чтобы вновь услышать *ом,* чтобы вновь по-настоящему уснуть и по-настоящему пробудиться. Я должен был стать глупцом и безумцем, чтобы вновь обрести в себе атман. Я должен был грешить, чтобы вновь стать способным к жизни. Куда еще приведет меня мой путь? Он прихотлив, этот путь, петляет, а может быть, идет по кругу. Пусть же идет как угодно, я пройду его».

Дивное веселье клокотало в груди Сиддхартхи, он чувствовал.

«Откуда же, — спросил он свое сердце, — откуда в тебе такая радость? Наверно, она коренится в этом долгом, добром сне, который оказался для меня столь благотворен? Или в слове *ом,* произнесенном мною? Или в том, что я ускользнул, что состоялось мое бегство, что я наконец вновь свободен и стою под небесами, будто ребенок? О, какое благо — убежать, стать свободным! Как чист и прекрасен здешний воздух, как хорошо им дышится! Там, откуда я бежал, там все пропахло притираньями, пряностями, вином, изобилием, ленью. Как я ненавидел этот мир богачей, кутил, игроков! Как я ненавидел себя за то, что столь долго оставался в этом ужасном мире! Как я ненавидел себя, как обворовывал, отравлял, терзал, старил себя и злил! Нет, никогда более я не стану, как любил прежде, воображать себя мудрецом! Но этот поступок хороший и правильный, он мне по душе, в самом деле похвально, что теперь пришел конец былой ненависти к себе, безрассудной и пустой жизни! Хвала тебе, о Сиддхартха, за то, что после стольких лет нелепого безумия тебя вновь осенила мысль, и ты совершил поступок, и услышал пение птицы в твоей груди, и последовал за нею!»

Так он хвалил себя, радовался себе, с любопытством прислушивался к своему желудку, в котором урчало от голода. Он чувствовал, что в последнее время, в эти последние дни вполне вкусил и выплюнул толику страдания, толику безысходности, пресытился ею до отчаяния и до смерти. Вот и хорошо. Ведь долго еще он бы мог оставаться у Камасвами, получать деньги, тратить деньги, откармливать свою утробу и морить жаждой свою душу, долго еще мог бы жить в этой мягкой, устланной коврами преисподней, если б не настал миг полной безутешности и отчаяния, грозный миг, когда он висел над водным потоком и готов был уничтожить себя. И он почувствовал это отчаяние, это глубочайшее омерзение и не поддался им; птица, радостный источник и голос в нем, была еще жива — потому-то он так ликовал, потому смеялся, потому сияло лицо его в обрамленье тронутых сединою волос.

«Хорошо, — думал он, — хорошо изведать на своем собственном опыте все, что надобно знать. Еще ребенком меня учили, что мирские услады и богатство не во благо. Я давно это знал — прочувствовал же только теперь. И отныне знаю это не только памятью, но и глазами, сердцем, желудком. И я счастлив, что знаю!»

Он долго размышлял о своем превращенье, внимал птице, что пела от радости. Разве ж не умерла в нем эта птица, разве не ощутил он ее смерть? Нет, что-то другое в нем умерло, что-то уже давно стремившееся умереть. Не то ли самое, что он некогда, в горячие годы подвижничества, желал умертвить? Не было ли это его «я», маленькое, пугливое и гордое «я», с которым он воевал столько лет, и оно вновь и вновь одерживало верх и после каждого умерщвленья вновь было тут как тут, воспрещало радость, чувствовало трепет? Не оно ли умерло наконец сегодня, здесь, в лесу, у этой прелестной реки? Не по причине ли этой смерти он был теперь как дитя, полон доверия, полон бесстрашия, полон радости?

Теперь Сиддхартха догадывался и почему он в бытность свою брахманом и подвижником тщетно сражался с этим «я». Чрезмерное знание, слишком много священных стихов, слишком много жертвенных правил, чрезмерное умерщвление плоти, слишком много деяний и стремлений — вот что его сковывало! Он был исполнен высокомерия, всегда всех умнее, всех ревностнее, всегда на шаг впереди других, всегда осведомленный и одухотворенный, священнослужитель или мудрец. В это священное служенье, в это высокомерие, в эту одухотворенность схоронилось его «я», там оно сидело и росло, а он полагал, будто умерщвляет его постом и покаянием. Теперь-то он видел это, видел, что тайный голос был прав, что никакой наставник никогда бы не смог даровать ему избавленье. Поэтому он должен был уйти в мир, предаться усладам и власти, женщинам и деньгам, стать торговцем, игроком в кости, пьяницей и скрягой — покуда не умрет в нем священнослужитель и самана. Поэтому он должен был терпеть эти ужасные годы, терпеть омерзение, пустоту, бессмысленность унылой и потерянной жизни — до конца, до горького отчаяния, покуда не умрет и сластолюбец Сиддхартха, скряга Сиддхартха. И вот он умер, и новый Сиддхартха пробудился от сна. Он тоже состарится, он тоже когда-нибудь умрет, недолговечен Сиддхартха, недолговечно всякое воплощенье. Но сегодня он новый Сиддхартха, он молод, он дитя и полон радости.

Вот такие он думал думы, улыбаясь, прислушивался к своему желудку, благодарно слушал жужжанье пчелы. Весело смотрел он в речной поток, никогда прежде вода не нравилась ему так, никогда он не воспринимал голос и облик текучей воды так отчетливо и прекрасно. Река словно должна была сообщить ему что-то особенное, что-то, чего он пока не знает, что еще только ожидает его. В этой реке Сиддхартха хотел утопиться, в ней утонул сегодня старый, усталый, отчаявшийся Сиддхартха. А новый Сиддхартха чувствовал глубокую любовь к этому водному потоку и решил про себя, что не скоро покинет его.

Перевозчик

«У этой реки я останусь, — думал Сиддхартха, — она ведь та самая, через которую я перебрался когда-то на пути к ребячливым людям, добрый лодочник перевез меня тогда, вот к нему я и пойду, от его хижины мой путь привел меня когда-то к новой жизни, которая теперь состарилась и умерла, — пусть же и нынешняя дорога, моя нынешняя новая жизнь начнется оттуда!»

С нежностью он смотрел в водный поток, в прозрачную зелень, в хрустальные нити таинственного узора. Сияющие жемчужины поднимались из глубины, воздушные пузырьки безмятежно плыли по глади вод, отражая небесную синеву. Тысячью глаз глядела на него река — зеленых глаз, и белых, и хрустальных, и небесно-голубых. Как он любил этот поток, как восхищался им, как был ему благодарен! В сердце он слышал голос, который пробудился вновь и говорил ему: «Люби эту реку! Останься подле нее! Учись у нее!» О да, он хотел учиться у нее, хотел ее слушать. Кто поймет эту реку и ее тайны, тот — мнилось ему — поймет и многое другое, множество тайн, все тайны.

Сегодня же он увидел лишь одну-единственную из речных тайн, которая взяла его за душу.

Он увидел: эта река бежала и бежала, бежала не останавливаясь и все-таки оставалась тут, на месте, всегда и во все времена была та же и все-таки каждую секунду другая, новая! О-о, кто способен понять это, постигнуть! Он этого не понимал и не постигал, только чувствовал, как брезжит догадка, отдаленное воспоминание, божественный голос.

Сиддхартха встал, не в силах более выносить урчанье голода в своей утробе. И с воодушевленьем зашагал дальше, по прибрежной тропе, навстречу потоку, слушая плеск воды, слушая урчащий голод у себя внутри.

Когда он вышел к переправе, лодка как раз была у причала, и стоял в ней тот же перевозчик, который некогда доставил за реку молодого саману; Сиддхартха узнал его, он тоже сильно постарел.

— Не перевезешь ли меня? — спросил Сиддхартха. Перевозчик, удивленный тем, что такой благородный господин ходит здесь один и пешком, посадил его в лодку и оттолкнулся от берега.

— Прекрасную жизнь выбрал ты себе, — сказал пассажир. — Как прекрасно, наверное, изо дня в день жить у этих вод и плавать по ним.

С улыбкою раскачивался гребец — взад-вперед, взад-вперед.

— Да, господин, это прекрасно, ты прав. Но разве не всякая жизнь и не всякая работа прекрасны?

— Возможно. Однако я завидую тебе и твоей работе.

— Ах, тебе она разонравится, и очень скоро. Это неподходящее занятие для людей в богатом платье.

Сиддхартха рассмеялся.

— Нынче из-за этого платья на меня уже смотрели с недоверием. Не желаешь ли, перевозчик, принять от меня эти одежды, которые мне в тягость? Ибо, не скрою, у меня нет денег заплатить за переправу.

— Господин шутит, — засмеялся перевозчик.

— Я не шучу, мой друг. Видишь ли, ты уже раз перевозил меня в своей лодке через эту реку, даром. Перевези же и нынче, а в уплату возьми мою одежду.

— А ты, господин? Продолжишь свой путь без одежды?

— Ах, я бы с радостью никуда не уходил. Лучше всего, перевозчик, если бы ты дал мне старую повязку на бедра и взял меня в подручные, вернее в ученики, ведь сначала я должен выучиться управлять лодкой.

Долго и пытливо смотрел на пришельца перевозчик.

— Теперь я узнаю тебя, — наконец сказал он. — Когда-то ты заночевал в моей хижине, давно это было, пожалуй, больше двух десятков лет назад, потом я отвез тебя за реку, и мы попрощались как добрые друзья. Ты же был саманой? А вот имени твоего я уже не помню.

— Зовут меня Сиддхартха, и я был саманой, когда мы виделись с тобою последний раз.

— Добро пожаловать, Сиддхартха. Меня зовут Васудева. Надеюсь, ты и сегодня будешь моим гостем, и заночуешь в моей хижине, и расскажешь мне, откуда ты пришел и отчего красивое платье так тяготит тебя.

Они доплыли до середины реки, и Васудева сильнее налег на весла, чтобы перебороть течение. Он спокойно работал своими крепкими руками, устремив глаза на нос лодки. Сиддхартха сидел, глядя на него, и вспоминал, как еще тогда, в последний день подвижничества, шевельнулась в его сердце любовь к этому человеку. С благодарностью принял он приглашение Васудевы. Когда они добрались до берега, он помог причалить лодку, после чего перевозчик позвал его в хижину, предложил хлеба и воды, и Сиддхартха с охотою поел и также с охотою отведал плодов манго, предложенных Васудевой.

Затем — день клонился к закату — они уселись на древесный ствол возле берега, и Сиддхартха рассказал перевозчику свою родословную и свою жизнь, какой он увидел ее нынче, в годину отчаяния. До глубокой ночи продолжался его рассказ.

Васудева слушал с большим вниманием. Все вбирал в себя его слух — родословную и детство, все ученье, все поиски, все радости и горести. Одной из величайших добродетелей перевозчика было это редкостное умение слушать. Он не говорил ни слова, а рассказчик чувствовал, как Васудева впитывает его слова, безмятежно, открыто, ожидая, и не упускает ни единого из них, и ни единого не ждет с нетерпением, не сыплет ни похвалами, ни упреками, только слушает. Сиддхартха чувствовал, какое счастье — исповедаться такому слушателю, утопить в его сердце свою жизнь, свои искания, свои муки.

К концу же повести Сиддхартхи, когда он говорил о дереве подле реки и о своем глубоком паденье, о священном *ом* и как он после сна ощутил такую любовь к реке, — к концу этой повести перевозчик слушал с удвоенным вниманием, забыв обо всем, закрыв глаза.

А когда Сиддхартха умолк и надолго воцарилась тишина, Васудева сказал:

— Так я и думал. Река говорила с тобой. Тебе она тоже друг, с тобой она тоже говорит. Это хорошо, это очень хорошо. Оставайся со мною, друг мой Сиддхартха. Когда-то была у меня жена, ее постель была рядом с моей, но она давно уже умерла, давно я живу один. Живи теперь ты со мною, места и пищи нам обоим хватит.

— Спасибо, — сказал Сиддхартха, — спасибо тебе, я согласен. А еще спасибо за то, Васудева, что ты так хорошо слушал меня! Редко встречаются люди, которые умеют слушать, и я не встречал таких, кто бы умел слушать так, как ты. И этому я тоже выучусь у тебя.

— Выучишься, — отвечал Васудева, — но не у меня. Слушать меня научила река, у нее научишься и ты. Она, река, все знает, всему можно научиться у нее. Видишь, ты уже научился у воды, что стремиться вниз, погружаться на дно, искать глубины — дело благое. Богатый, благородный Сиддхартха станет гребцом, ученый брахман Сиддхартха станет перевозчиком — и об этом тоже сказала тебе река. Ты научишься у нее и другому.

И молвил Сиддхартха, после долгого молчания:

— Чему — другому, Васудева?

Васудева поднялся.

— Поздно уже, — сказал он, — пойдем-ка спать. Я не могу тебе поведать, что это, о друг мой. Но ты научишься, а может быть, тебе это уже известно. Видишь ли, я не ученый, не умею говорить, да и думать тоже не мастер. Я умею только слушать и быть набожным, вот и все. Умей я говорить и проповедовать, я бы, наверно, был мудрецом, а так я просто-напросто перевозчик, и мое дело — переправлять людей через эту реку. Многие тысячи перевез я на тот берег, и для всех для них моя река была не чем иным, как преградой на пути. Они держали путь за деньгами и по делам, на свадьбы и к святым местам, и река была им помехой, а перевозчик затем и был нужен, чтобы помочь им быстро одолеть эту преграду. Однако среди этих тысяч людей нашлись и такие — их было немного, четверо или пятеро, — для которых река перестала быть преградой, они услыхали ее голос и внимали ему, и река стала для них священной, как и для меня. Идем же отдыхать, Сиддхартха.

Сиддхартха остался у перевозчика и выучился управляться с лодкой, а когда перевозить было некого, он вместе с Васудевой трудился на рисовом поле, собирал хворост, рвал бананы. Он научился мастерить весла, и чинить лодку, и плести корзины, и все, чему он учился, радовало его, и быстро текли дни и месяцы. Многому научил его Васудева, но куда большему — река. У нее он учился непрестанно. И прежде всего учился слушать, внимать с кротким сердцем, с открытой, полной ожидания душою, бесстрастно, безмятежно, без предрассудков и предубеждений.

Тихо и мирно жил он обок Васудевы, и по временам они обменивались словами, немногими и тщательно продуманными; Васудева был не охотник до разговоров, редко удавалось Сиддхартхе склонить его к беседе.

— Ты тоже узнал от реки секрет, что время не существует? — так спросил однажды Сиддхартха.

Лицо Васудевы озарила светлая улыбка.

— Да, Сиддхартха, — ответил он. — Ты ведь имеешь в виду, что каждое мгновенье река находится повсюду — у истока и устья, у водопада, у переправы, на быстрине, в море, в горах, повсюду, каждое мгновенье, и что для нее существует лишь настоящее и ни малейшей тени грядущего?

— Верно, — сказал Сиддхартха. — И когда я постиг это, то посмотрел на свою жизнь, и она тоже была рекою, и отрока Сиддхартху отделяла от мужчины Сиддхартхи и от старца Сиддхартхи лишь тень, а не реальность. И прежние рождения Сиддхартхи тоже не были прошлым, а смерть его и возвращенье к Брахме не были грядущим. Ничего не было, ничего не будет; все живо здесь и сейчас.

Сиддхартха говорил с восторгом, глубоко осчастливило его это озарение. О, разве все страданье — это не время, разве все самоистязанье и страх — это не время, разве все тяжкое, все враждебное в мире не исчезает побежденное, стоит лишь победить время, отрешиться в мыслях от времени? Восторг звучал в голосе Сиддхартхи. Васудева же с лучезарной улыбкой согласно кивнул, погладил плечо Сиддхартхи, вернулся к своей работе.

А в другой раз, когда в пору дождей река вздулась и катила свои воды с могучим шумом, Сиддхартха сказал:

— Не правда ли, о друг мой, у реки множество, великое множество голосов? Это и голос царя, и воина, и быка, и ночной птицы, и роженицы, и воздыхателя, и еще тысячи иных голосов...

— Правда, — кивнул Васудева, — в ее голосе слились голоса всех существ.

— А ты знаешь, — продолжал Сиддхартха, — какое слово произносит она, если тебе удается разом услышать все десять тысяч ее голосов?

Счастьем и радостью осветилось лицо Васудевы, он наклонился к Сиддхартхе и шепнул ему на ухо священное *ом*. И сам Сиддхартха тоже слышал именно это слово.

И раз от разу улыбка Сиддхартхи все больше походила на улыбку перевозчика — почти столь же лучезарная, почти столь же пронизанная счастьем, столь же сияющая из тысяч мелких морщинок, столь же ребячливая, столь же старческая. Многие из проезжающих, видя этих двух перевозчиков, принимали их за братьев. Вечерами они часто сидели возле берега, на упавшем стволе, молчали, внимая реке, что была для них не рекою, а голосом жизни, голосом бытия, голосом вечного становленья. И порою оба, слушая реку, думали об одном и том же: о позавчерашнем разговоре, о тех из проезжающих, чей облик и участь их заинтересовали, о смерти, о своем детстве, — и в тот миг, когда река говорила им что-то доброе, они смотрели друг на друга, думая в точности об одном, счастливые одним ответом на один и тот же вопрос.

От переправы и от обоих перевозчиков исходило нечто вполне ощутимое для иных проезжающих. Бывало, глянув в лицо кому-то из перевозчиков, проезжающий начинал рассказывать свою жизнь — делился горестями, признавался в дурных поступках, просил совета и утешения. Бывало, иной спрашивал позволения остаться с ними на вечер и послушать реку. Бывало, являлись и любопытные, проведавшие, что, мол, у здешней переправы живут то ли два мудреца, то ли два волшебника, то ли два святых. Эти любопытные задавали множество вопросов, но ответов не получали и перед собою видели не волшебников, не мудрецов, а двух приветливых старичков, вроде бы немых, странноватых и не в своем уме. И любопытные смеялись и толковали между собой о том, до чего же все-таки бездумно и легковерно распространяет народ такие пустые слухи.

Годы шли, и никто их не считал. И вот однажды явились странствующие монахи, последователи Готамы, Будды, и попросили перевезти их через реку, от них-то перевозчики и узнали, что монахи спешно возвращаются к своему великому учителю, ибо разнеслась весть, будто Возвышенный смертельно болен и скоро умрет последней человеческой смертью, дабы обрести спасение. Немного погодя пришла новая группа монахов, за ней еще одна, и как монахи, так и большинство других проезжающих и путников только и говорили что о Готаме и близкой его кончине. И подобно тому как люди, словно муравьи, отовсюду и со всех сторон стекаются под знамена войны или на коронацию, так все они, будто зачарованные, тянулись туда, где ожидал свою смерть великий Будда, где случится необычайное и великий Совершенный всех времен отойдет в лучший мир.

Множество раз вспоминал в ту пору Сиддхартха умирающего мудреца, великого учителя, — ведь это *его* голос наставлял народы и пробудил сотни тысяч, *его* голосу внимал некогда и сам Сиддхартха, в *его* священный лик благоговейно смотрел. С кроткой радостью вспоминал он его, явственно видел перед собою его путь к совершенству и улыбался, перебирая в памяти слова, которые некогда, в юности, говорил Возвышенному. Теперь эти слова казались ему горделивыми и назидательными, с улыбкой вспоминал он о них. Давным-давно уже утратилось чувство отъединенности от Готамы, учение которого он все же так и не смог принять. Нет, кто подлинно ищет, подлинно желает найти, тот не может принять никакого учения. Тот же, кто нашел, может одобрить любое, да-да, любое учение, любой путь, любую цель, ведь ничто более не отъединяет его от тысяч и тысяч других, живущих в вечном, дышащих божественным.

В один из этих дней, когда столь много паломников стремилось к умирающему Будде, отправилась к нему и Камала, некогда прекраснейшая из куртизанок. Давным-давно уже оставила она прежнюю жизнь, подарила свой сад монахам Готамы, обрела прибежище в учении, стала подругой и благодетельницей странников. Услышав о близкой смерти Готамы, она вместе с маленьким сыном Сиддхартхой собралась в дорогу, в простом платье, пешком. Вместе с сыночком шла она по берегу реки; но мальчик скоро устал, запросился домой, потребовал отдыха и еды, раскапризничался и захныкал. Камале пришлось часто останавливаться, ведь он привык стоять на своем, и она кормила его, успокаивала и даже ругала. Он не понимал, зачем мать взяла его с собой в это утомительное и печальное странствие, в незнакомое место, к чужому человеку — святому, который лежал при смерти. И пусть себе умирает — что мальчику до этого?

Путники были уже недалеко от перевоза Васудевы, когда маленький Сиддхартха вновь заставил мать устроить привал. Да и она, Камала, тоже утомилась и, пока мальчик жевал банан, села на землю, прикрыла глаза и замерла. Как вдруг она жалобно вскрикнула, мальчик испуганно посмотрел на мать и увидел, что лицо ее выбелено ужасом, а из-под платья выскользнула черная змейка — она ужалила Камалу.

Теперь оба они заторопились дальше, чтобы добраться до людей, и дошли до самой почти переправы, и там, не в силах продолжить путь, Камала опустилась наземь. Мальчик заплакал, закричал, целуя и обнимая мать, и она тоже начала вместе с ним громко звать на помощь; наконец зов их достиг слуха Васудевы, который стоял у причала. Он бросился к ним, подхватил женщину на руки и отнес в лодку; мальчик был рядом, и скоро они очутились в хижине, где Сиддхартха в это время разводил огонь. Подняв глаза, он сперва увидел лицо мальчика, которое странно всколыхнуло память, напомнило о чем-то забытом. Потом он увидел Камалу и тотчас узнал ее, хотя она в беспамятстве лежала на руках лодочника, и понял Сиддхартха, что о забытом ему напомнило лицо собственного сына, и сердце в его груди встрепенулось.

Место укуса промыли, однако оно уже почернело, а тело женщины распухло; когда ей дали целебное питье, сознание вернулось; она лежала в хижине на постели Сиддхартхи, и, склонясь над нею, стоял Сиддхартха, который некогда так сильно ее любил. Ей казалось, будто она грезит, с улыбкой смотрела она в лицо друга и лишь медленно, с трудом уяснила свое положение, вспомнила об укусе, испуганно позвала мальчика.

— Он здесь, с тобой, не тревожься, — сказал Сиддхартха.

Камала смотрела ему в глаза. Потом заговорила, с усилием, яд цепенил ее язык.

— Ты постарел, мой дорогой, — сказала она, — поседел. Но как похож на молодого саману, который некогда без одежды, с запыленными ногами явился в моем саду. Ты похож на него куда больше, нежели когда покинул меня и Камасвами. Глаза твои стали как у него. Ах, я тоже постарела, очень постарела... ты узнал ли меня?

Сиддхартха улыбнулся.

— Тотчас же, тотчас узнал я тебя, Камала, моя дорогая.

Камала показала на мальчика и прошептала:

— А его ты тоже узнал? Он твой сын.

Ее глаза помутнели и закрылись. Мальчик плакал, Сиддхартха посадил его на колени — пусть плачет, — погладил по волосам и, глядя на это детское лицо, вспомнил брахманическую молитву, которую сам учил когда-то маленьким мальчиком. Медленно, нараспев начал он ее читать, из прошлого, из детства текли к нему слова. И под этот напев мальчик успокоился, только всхлипнул еще раз-другой и наконец уснул. Сиддхартха уложил его на постель Васудевы. Васудева, стоя у очага, варил рис. Сиддхартха посмотрел на него, и он с улыбкой ответил на этот взгляд.

— Она умрет, — тихо молвил Сиддхартха.

Васудева кивнул, на его добром лице плясал отсвет огня.

Еще раз очнулась Камала. Боль исказила ее черты, Сиддхартха читал страданье на ее губах, на побелевших ланитах. Читал безмолвно, внимательно, терпеливо, погрузившись в страданье. Камала почувствовала это, ее взор искал его глаз.

И глядя на него, она сказала:

— Теперь я вижу, твои глаза тоже изменились. Стали совсем другими. Отчего же я все-таки знаю, что ты Сиддхартха? Словно ты — и не ты.

Сиддхартха не сказал ни слова, только безмолвно глядел ей в глаза.

— Ты достиг этого? — спросила она. — Обрел мир?

Он улыбнулся и положил свою руку на ее.

— Я вижу, — сказала она, — вижу. И я тоже обрету мир.

— Ты обрела его, — шепотом вымолвил Сиддхартха.

Камала неотрывно смотрела ему в глаза. Она думала о том, что шла поклониться Готаме, увидеть лик Совершенного, вдохнуть его мир, а нашла — его, и это хорошо, так же хорошо, как если б она увидела Готаму. Она хотела сказать ему об этом, но язык уже не слушался ее. Молча смотрела она на него, и он видел, как жизнь угасает в ее глазах. Когда последняя боль переполнила и остеклила ее взор, когда последняя дрожь пробежала по ее членам, он закрыл ей веки.

Долго сидел он, глядя в ее навек уснувшее лицо. Долго всматривался в ее рот, старый, усталый рот с тонкими теперь губами, и вспоминал, что некогда, вешней порою жизни, сравнивал этот рот со свежей смоквой. Долго сидел он, читая в бледном лике, в усталых морщинах, насыщался этим зрелищем, видел собственное свое лицо таким же белым, таким же потухшим и одновременно видел свое лицо и ее молодыми, с алыми губами, с горящим взором, и чувство настоящего и одновременности, чувство вечности пронизало все его существо. Глубоко, глубже, чем когда-либо, ощутил он в этот час несокрушимость всякой жизни, вечность всякого мгновенья.

Когда он поднялся, Васудева уже приготовил для него рис. Но Сиддхартха не стал есть. В хлеву, где у них была коза, старики постелили соломы, и Васудева улегся спать. А Сиддхартха вышел на улицу и всю ночь просидел перед хижиной, внимая реке, купаясь в волнах минувшего, объятый и омытый сразу всеми временами своей жизни. Но изредка он вставал, подходил к двери хижины и слушал, спит ли мальчик.

Рано утром, еще до восхода солнца, Васудева вышел наружу и, подойдя к другу, сказал:

— Ты не спал.

— Да, Васудева. Я сидел тут, слушал реку. Много поведала она мне, до краев переполнила благотворной мыслью, мыслью единства.

— Ты изведал страданье, Сиддхартха, однако я вижу, печаль не пришла в твое сердце.

— Нет, мой дорогой, отчего мне печалиться? Я был богат и счастлив, а теперь стал еще богаче и счастливее. Мне дарован сын.

— И для меня твой сын большая радость. Ну а теперь, Сиддхартха, давай-ка возьмемся за работу, много нам нужно сделать. Камала умерла на той же постели, на которой некогда умерла моя жена. И погребальный костер Камалы мы сложим на том же холме, на котором я некогда сложил погребальный костер для моей жены.

Мальчик все спал, а они тем временем сложили погребальный костер.

Сын

Испуганный, плачущий, смотрел мальчик на погребенье матери, хмурый и испуганный, слушал Сиддхартху, когда тот назвал его сыном и сказал, что рад предложить ему кров у себя, в хижине Васудевы. Бледный, он целыми днями сидел у могильного холма, есть отказывался, замыкал свой взор и свое сердце, сопротивлялся и противоборствовал судьбе.

Сиддхартха жалел его и не трогал, уважая скорбь ребенка. Сиддхартха понимал, что сын не знает его и не может любить так, как любят отца. Мало-помалу он разглядел и понял, что одиннадцатилетний мальчик — балованный маменькин сынок и воспитан в привычке к богатству, приучен к изысканной пище, к мягкой постели, привык командовать слугами. Сиддхартха понял, что безутешный баловень неспособен сразу и по доброй воле примириться с чужбиной и скудостью. Он не принуждал мальчика, делал за него кой-какую работу, постоянно выбирал ему лучшие кусочки. И надеялся исподволь, благожелательностью и терпением, завоевать его.

Богатым и счастливым назвал он себя, когда мальчик пришел к нему. Но время текло, а мальчик оставался отчужденным и мрачным, сердцем был заносчив и упрям, никакой работы делать не желал, к обоим старикам относился без всякого почтения, обрывал плоды с фруктовых деревьев Васудевы, и Сиддхартха начал понимать, что вместе с сыном пришли к нему не счастье и мир, а страдания и заботы. Но он любил мальчика, и куда милее были ему страдания и заботы любви, нежели счастье и радость без ребенка.

С тех пор как в хижине появился юный Сиддхартха, старики поделили между собой работу. Васудева опять в одиночку трудился на переправе, а Сиддхартха, чтобы не разлучаться с сыном, работал в хижине и в поле.

Долгое время, долгие месяцы ждал Сиддхартха, что сын поймет его, примет его любовь, а быть может, и ответит на нее. Долгие месяцы ждал Васудева, глядя на них, ждал и безмолвствовал. Однажды, когда младший Сиддхартха опять нещадно мучил отца упрямством и капризами, да еще и расколотил обе рисовые плошки, Васудева вечером отвел друга в сторону и завел с ним разговор.

— Прости меня, — сказал он, — я говорю с тобой из добрых побуждений. Я вижу, что ты себя мучаешь, вижу, что ты огорчен. Твой сын, дорогой мой, внушает тебе тревогу, равно как и мне тоже. Этот птенец привык к другой жизни, к другому гнезду. Он не бежал богатства и города, как ты, из отвращения и досады, он оставил все это против своей воли. Я спрашивал реку, о друг мой, много раз спрашивал. Но река смеется, насмешничает надо мной, насмешничает над нами обоими, покатывается со смеху над нашей дуростью. Вода стремится к воде, юность стремится к юности, твой сын очутился в таком месте, где он не может плодотворно развиваться. Спроси и ты реку, послушай и ты ее!

Огорченно глядел Сиддхартха в его доброе лицо, где среди множества морщин неизменно жила безмятежная ясность.

— Разве я могу расстаться с ним? — тихо, пристыженно спросил он. — Дай мне еще хоть немного времени, дорогой мой! Видишь, я борюсь за него, стараюсь завоевать его сердце, любовью и добрым терпением хочу взять его в полон. Когда-нибудь река заговорит и с ним, он тоже взыскан.

Улыбка Васудевы расцвела еще ярче.

— О да, он тоже взыскан, ему тоже дарована вечная жизнь. Но разве мы — ты и я — знаем, чем он взыскан, какой путь ему уготован, какие дела, какие страдания? Немало страданий ожидает его, ведь сердцем он заносчив и жесток, такие поневоле много страдают, делают много ошибок, совершают много несправедливостей, обременяют себя многими грехами. Скажи, мой дорогой: ты не строг в воспитании сына? Не принуждаешь мальчика? Не бьешь? Не наказываешь?

— Нет, Васудева, ничего этого я не делаю.

— Я так и знал. Ты не принуждаешь его, не бьешь, не командуешь им, ибо ты понимаешь: мягкость сильнее строгости, вода сильнее камня, любовь сильнее принуждения. Очень хорошо, хвалю тебя. Но не заблуждаешься ли ты, полагая, что не принуждаешь его, не наказываешь? Разве же ты не опутываешь его цепями твоей любви? Не смущаешь его каждодневно, не затрудняешь ему жизнь твоей добротой и терпением? Не принуждаешь его, мальчика своевольного и балованного, ютиться в хижине с двумя стариками, которые рады питаться одними бананами и уже рис и тот считают лакомством, и мысли их он перенять не может, и сердце у него бьется не так, как их старые, безмятежные сердца? Разве же все это не принуждение для него, не наказание?

Ошеломленно потупил Сиддхартха свой взор. И тихо спросил:

— Так что же мне, по-твоему, делать?

И отвечал Васудева:

— Отведи его в город, в дом его матери; слуги, наверно, еще там, передай его им. А если там никого не осталось, отведи его к наставнику, не ради ученья, а чтобы он был вместе с другими мальчиками и девочками, в том мире, которому он принадлежит. Ты никогда об этом не думал?

— Ты читаешь в моем сердце, — печально молвил Сиддхартха. — Я много раз думал об этом. Но как, как мне отдать в этот мир мальчика, у которого и без того нет в сердце кротости? Не станет ли он кичлив, не погрязнет ли в удовольствиях и власти, не повторит ли всех заблуждений своего отца, не потеряется ли навек в сансаре?

Ярко вспыхнула перевозчикова улыбка; он легонько коснулся плеча Сиддхартхи и сказал:

— Спроси у реки, друг мой! Услышь, как она смеется над этим! Ты что же, всерьез думаешь, будто делал свои глупости, чтоб избавить от них сына? И разве ты способен защитить своего сына от сансары? Интересно, каким образом? Проповедью, молитвой, предостережением? Дорогой мой, ты что же, совсем забыл ту историю, ту поучительную историю о сыне брахмана Сиддхартхе, которую некогда поведал мне вот на этом самом месте? Кто уберег подвижника Сиддхартху от сансары, от греха, от алчности, от глупости? Разве набожность отца, предостережения наставников, разве собственные знания, собственные поиски смогли уберечь его?

Какой отец, какой наставник мог защитить его так, чтобы он не прожил своей жизни, не замарал себя жизнью, не взвалил на свои плечи бремя вины, не испил своими устами горькую чашу, не отыскал свой собственный путь? Неужели, мой дорогой, ты полагаешь, что хоть кому-то удастся этого избежать? К примеру, твоему сыночку: потому что ты любишь его, потому что всей душою желаешь избавить его от страданий, от боли и разочарования? Увы! Ты можешь умереть за него хоть десять раз — от судьбы ты его тем нимало не избавишь.

Еще никогда Васудева не произносил так много слов. Сердечно поблагодарил его Сиддхартха, печальный ушел в хижину, долго не мог заснуть. Васудева не сказал ему ничего нового, обо всем об этом он уже и сам думал, все это он уже знал. Но он не мог на деле осуществить это знание, сильнее знания была его любовь к мальчику, сильнее — его нежность, его страх потерять сына. Разве он когда-нибудь привязывался к чему-то вот так, всем сердцем, разве любил когда-нибудь другого человека вот так — слепо, мучительно, безысходно и все же счастливо?

Сиддхартха не мог последовать совету друга, не мог отдать сына. Он позволял мальчишке командовать собой, помыкать собой. Молчал и ждал, день за днем сызнова начиная безмолвную битву доброжелательности, беззвучную войну терпения, и Васудева тоже молчал и ждал, доброжелательно, мудро, терпеливо. В терпении оба они были мастера.

Однажды, когда лицо мальчика очень напомнило Камалу, в памяти Сиддхартхи вдруг сама собой всплыла фраза, давным-давно, в пору юности, сказанная Камалой. «Ты не умеешь любить», — сказала она ему тогда, и он признал ее правоту и сравнил себя со звездою, а ребячливых людей — с сорванными листьями, но все же ощутил в тех словах укор. Он и вправду никогда не мог безоглядно увлечься другим человеком, отдаться ему всем своим существом, забыть себя, совершать ради него безумства любви; никогда он этого не умел и ведь считал тогда, что именно в этом и состоит его огромное отличие от ребячливых людей. Теперь же, с того дня как здесь появился его сын, теперь и он, Сиддхартха, окончательно стал ребячливым человеком, страдая из-за человека, любя человека, безоглядно предавшись любви, ставши от любви безумцем. Теперь и он пусть поздно, а все же испытывал эту страсть, самую могучую из всех и самую необыкновенную, терзался ею, и терзался жестоко, а все же был на верху блаженства, обновленный, обогащенный.

Конечно, он сознавал, что эта любовь, слепая любовь к сыну — страсть, нечто сугубо человеческое, сансара, мутный источник, темная вода. И однако — это он тоже сознавал, — она не была никчемна, она была необходима, шла из глубин собственного его существа. И эту усладу нужно было вкусить, и эту боль изведать, и эти безумства совершить.

Сын между тем позволял ему совершать безумства, позволял ухаживать за собой, каждодневно толкал своими капризами на унижения. В этом отце не было ничего достойного восхищения и ничего внушающего страх. Он был хороший человек, этот отец, хороший, добрый, мягкий, пожалуй, даже весьма кроткий, а пожалуй что и святой, но мальчика всеми этими качествами не завоюешь. Скучен был ему этот отец, державший его в плену здесь, в жалкой своей хижине, ах как скучен, а то, что на любое озорство он отвечал улыбкой, на любую грубость — приветливым словом, на любую злую выходку — добротой, казалось юному Сиддхартхе лицемерной хитростью и вызывало ненависть. Мальчик предпочел бы угрозы и жестокие побои.

И вот настал день, когда он решил бежать и открыто восстал против отца. Тот дал ему поручение, послал за хворостом. Но мальчик не вышел из хижины, упрямый и разъяренный, не двинулся с места, затопал ногами, сжал кулаки и вне себя от бешенства выплеснул в лицо родителю всю свою ненависть и презрение.

— Сам иди за своим хворостом! — кричал он с пеной у рта. — Я тебе не батрак! Знаю ведь, ты меня не побьешь, духу не хватит; знаю, ты все время норовишь наказать меня и унизить своей кротостью и снисходительностью. Тебе хочется, чтобы я стал таким, как ты, кротким, мягким, мудрым! А я — слышишь? — я, назло тебе, лучше стану разбойником с большой дороги и убийцей и попаду в ад, но таким, как ты, не буду! Я тебя ненавижу, и, будь ты хоть десять раз любовник моей матери, мне ты не отец!

Гнев и ярость кипели в нем, выплескивались на отца сотнями запальчивых и злобных слов. Потом мальчик бросился вон из хижины и вернулся только поздно вечером.

А наутро он исчез. Исчезла и маленькая, сплетенная из двуцветного лыка корзинка, в которой лодочники хранили медные и серебряные монеты, полученные в уплату за перевоз. И лодки тоже не было, Сиддхартха увидел ее на том берегу. Мальчик сбежал.

— Надо идти за ним, — сказал Сиддхартха, безутешный после вчерашних оскорбительных речей сына. — Нельзя ребенку одному ходить по лесу. Он погибнет. Надо построить плот, Васудева, и переплыть через реку.

— Плот мы построим, — сказал Васудева, — чтобы забрать лодку, которую увел мальчишка. А его тебе лучше отпустить, друг мой, он уже не дитя, справится. Он ищет дорогу в город, и он прав, не забывай. Он делает то, что ты сделать опоздал. Он печется о себе, идет своим путем. Ах, Сиддхартха, я вижу, как ты страдаешь, но твоя боль смехотворна, и скоро ты сам над нею посмеешься.

Сиддхартха не ответил. Он уже взял в руки топор и принялся строить бамбуковый плот, а Васудева помогал ему связывать стволы травяными веревками. Затем они поплыли через реку, плот сильно снесло, и на том берегу пришлось тащить его вверх по течению.

— Зачем ты прихватил с собой топор? — спросил Сиддхартха.

И Васудева ответил:

— А что, если весло потерялось?

Сиддхартха, однако же, понимал, о чем думал его друг. Он думал, что мальчик мог выбросить весло или сломать его — в отместку или чтоб помешать им устремиться в погоню. И действительно, весла в лодке не было. Васудева показал на дно лодки и с улыбкой посмотрел на друга, словно говоря: «Разве ты не видишь, что хочет сказать тебе сын? Разве не видишь, что он не желает погони?» Но сказал он это безмолвно. Просто принялся мастерить новое весло. Сиддхартха же распрощался с ним и пошел искать беглеца. Васудева ему не препятствовал.

Долго шагал Сиддхартха по лесу, и вдруг подумалось ему, что поиски бесполезны. Либо — так размышлял он — мальчик далеко опередил его и уже добрался до города, либо еще в пути, но прячется от него, от преследователя. Продолжив свои размышления, он обнаружил, что вовсе не тревожится о сыне и в глубине души сознает: мальчик не погиб, и в лесу никакая опасность ему не грозит. И все-таки он без отдыха спешил вперед, уже не затем, чтобы спасти сына, а лишь из потребности хотя бы еще раз увидеть его. И пришел Сиддхартха в город.

В предместье, выйдя на широкую улицу, он остановился у ворот прекрасного сада, некогда принадлежавшего Камале; именно здесь он некогда впервые увидел ее паланкин. Минувшее ожило в его душе, вновь увидел он себя, молодого, бородатого, нагого саману с пыльными волосами. Долго стоял Сиддхартха, глядя сквозь открытые ворота в сад, где под сенью прекрасных деревьев прогуливались монахи в желтых одеждах.

Долго стоял он, погруженный в размышления, созерцая картины своей жизни, внимая своей истории.

Долго глядел он на монахов и видел на их месте молодого Сиддхартху и юную Камалу, гуляющих под высокими деревьями. Как наяву видел он себя — вот он принимает угощенье Камалы, вот впервые получает ее поцелуй, вот горделиво и пренебрежительно вспоминает свое брахманское происхождение, вот горделиво и алчно окунается в мирскую жизнь. Он видел Камасвами, видел прислужников, пиры, игроков в кости, музыкантов, видел певчую пташку в клетке у Камалы, переживал все это вновь, дышал сансарой, вновь был стар и утомлен, вновь чувствовал омерзение, вновь чувствовал желанье покончить с собой, вновь упивался священным *ом*.

И здесь, у ворот сада, Сиддхартха наконец понял все безрассудство потребности, приведшей его в эти места, понял, что не способен помочь сыну, что не вправе любить его. Глубоко в сердце, точно рану, чувствовал он любовь к беглецу и в то же время сознавал, что рана дарована ему не затем, чтобы ее бередить, нет, ей назначено обернуться цветком и сиять.

В этот час рана еще не распустилась цветком, еще не сияла, и это печалило его. Вместо заветной цели, которая призвала его сюда вслед за беглецом, теперь зияла пустота. Печальный, опустился он наземь, чувствуя, как что-то в сердце у него умирает, не видя более ни радости, ни цели. Он сидел в глубочайшей задумчивости и ждал. Этому, и только этому, научился он подле реки: ждать, быть терпеливым, слушать. И он сидел в дорожной пыли и слушал, слушал свое сердце, его усталые, печальные удары, ждал голоса.

Не один час сидел он вслушиваясь и уже не видел картин, погружался в пустоту, тонул в ней, а выхода все не видел. Чувствуя жженье раны, он беззвучно произносил *ом,* наполнял себя этим словом. Монахи в саду увидели его; поскольку же он сидел на корточках уже много часов и его седые волосы покрылись пылью, один из монахов приблизился и положил перед ним два банана. Старик не заметил их.

Из оцепенения его вывела рука, легко коснувшаяся плеча. Он сразу узнал это прикосновенье, ласковое, робкое, и очнулся. И встал и поздоровался с Васудевой, который пришел за ним. А когда глянул в доброе лицо Васудевы, в мелкие, точно полные улыбки морщины, в безмятежно-ясные глаза, тоже улыбнулся. Теперь он увидел перед собою бананы, поднял их, дал один перевозчику, второй съел сам. После этого они с Васудевой молча ушли в лес, вернулись домой, к перевозу. Ни тот ни другой не говорили о случившемся сегодня, ни тот ни другой не говорили о бегстве мальчика, не упоминали о ране. В хижине Сиддхартха лег на свою постель, а когда Васудева немного спустя подошел к нему с чашкой кокосового молока, он уже спал.

Ом

Долго еще саднила рана. Не раз переправлял Сиддхартха через реку путешествующих, которые везли с собой сына или дочь, и на всех на них он смотрел с завистью и думал: «Так много людей, многие тысячи обладают этим величайшим счастьем — почему же мне его не дано? И злодеи, и воры, и разбойники тоже имеют детей, и любят их, и любимы ими, только я этого лишен». Так просто, так безрассудно думал он теперь, так схож стал с ребячливыми людьми.

По-иному смотрел он теперь на людей, не как раньше, менее умно, менее горделиво, зато теплее, участливее, с большим любопытством. Когда перевозил обыкновенных путешествующих, ребячливых людей, дельцов, воинов, женщин, эти люди уже не казались ему, как прежде, чужими: он понимал их, понимал и разделял их жизнь, которой управляют не мысли и знания, а лишь инстинкты и желания, он чувствовал себя так же, как они. Хотя он был близок к совершенству и страдал от последней раны, ему все же представлялось, будто эти ребячливые люди — его братья, их суетные утехи, чувственные страстишки и смехотворные поступки утратили в его глазах смехотворность, стали понятны, достойны любви, более того, достойны уважения. Слепая любовь матери к ребенку, нелепая слепая гордость зазнайки-отца единственным сыном, слепая, безумная жажда украшений и восхищенных мужских взглядов, обуревающая молодую тщеславную бабенку, — все эти бессознательные порывы, все эти ребячества, все эти простые, безрассудные, однако же, необычайно сильные, пышущие силой жизни, всепобеждающие порывы и желания теперь уже не были для Сиддхартхи ребячеством, он видел, что люди живут ради них, совершают ради них бесконечное, отправляются в странствия, ведут войны, терзаются бесконечным, выносят бесконечное на своих плечах, и мог любить их за это, видел жизнь, живое, несокрушимое, Брахман во всяком из их терзаний, во всяком из их поступков. Достойны любви и восхищения были эти люди с их слепой верностью, слепой силой и упорством. Все было при них, никакого преимущества не имел перед ними мудрец и мыслитель, кроме одной-единственной мелочи, одной-единственной крохотной безделицы: сознания, сознательного помышления о единстве всего живого. И Сиддхартха даже сомневался порой, стоит ли так высоко ценить эту мудрость, этот помысел, не есть ли и это тоже ребячество разумных людей, разумных ребячливых людей. Во всем прочем миряне были ровней мудрецу, а часто и превосходили его, подобно тому как животные, действующие решительно и твердо, иной раз словно бы и превосходят человека.

Медленно взрастало, медленно зрело в Сиддхартхе постижение, осознание того, что, собственно, есть мудрость, что есть цель его долгих исканий. И было это не что иное, как приуготовленность души, способность, сокровенное искусство во всякий миг жизни помышлять о единстве, чувствовать единство и дышать им. Медленно взрастало все это в нем самом, сияло ему навстречу на старом, по-детски открытом лице Васудевы — гармония, сознанье вечного совершенства мира, улыбка, единство.

Рана, однако ж, еще саднила; с тоскою и горечью вспоминал Сиддхартха о сыне, лелеял в сердце своем любовь и нежность, не противился боли, совершал все безумства любви. Само собой это пламя не гасло.

И вот как-то раз, когда рана жестоко болела, Сиддхартха, гонимый тоскою, переправился через реку, вышел на берег и хотел было идти в город на поиски сына. Река струилась тихо и кротко — время дождей еще не настало, — но голос ее звучал странно: она смеялась! Отчетливо смеялась. Река смеялась, звонко и ясно высмеивала старика перевозчика. Сиддхартха наклонился к воде, чтобы еще лучше слышать, и увидел в тихих струях отраженье своего лица, и было в этом отраженном лице что-то всколыхнувшее память, что-то забытое, и, подумав, он вспомнил: это лицо походило на другое, когда-то знакомое, и любимое, и внушавшее страх. Оно походило чертами на брахмана, его отца. И припомнилось ему, как много-много лет назад он, юноша, вынудил отца отпустить его к подвижникам, как попрощался с ним, ушел, да так больше и не вернулся. Разве отец тогда не терпел из-за него те же муки, какие он сейчас терпит из-за своего сына? Разве не умер его отец давным-давно, в одиночестве, не повидавшись с сыном? Не ждет ли и его такая судьба? Не комедия ли все это, странная и глупая история, повтор, бег по губительному кругу?

Река смеялась. Да, так оно и есть, все не выстраданное до конца, нерешенное возвращалось, снова и снова приходилось терпеть одни и те же муки. А Сиддхартха опять сел в лодку и поплыл назад, к хижине, вспоминая о своем отце, вспоминая о сыне, осмеянный рекой, в разладе с самим собою, готовый впасть в отчаяние и не менее готовый громко хохотать над собою и всем миром. Ах, рана еще не обернулась цветком, его сердце еще противилось судьбе, страданье еще не сияло безмятежной радостью и победой. Но он почуял надежду, а когда вернулся к хижине, ощутил неодолимое желание открыться Васудеве, показать ему все, излиться перед ним, ибо он мастер слушать.

Васудева сидел в хижине, плел корзину. Он больше не трудился на переправе, глаза начали слабеть, и не только глаза — руки и плечи тоже. Но лицо осталось прежним — сияло радостью и безмятежной добротой.

Сиддхартха подсел к старику, медленно начал свою речь. Рассказывал о том, о чем речь не заходила ни разу, — о тогдашнем странствии в город, о жгучей ране, о своей зависти к счастливым отцам, о понимании безрассудства таких желаний, о тщетной борьбе с ними. Все поведал он, все сумел высказать, даже самое щекотливое, все можно было говорить, все — открыть, все — рассказать. Он обнажил свою рану, рассказал и о сегодняшнем бегстве, о том, как переправился через реку — ребячливый беглец, стремящийся в город! — и как река смеялась.

С безмятежным лицом внимал Васудева долгой речи друга, и Сиддхартха сильнее, чем когда-либо, ощущал это внимание Васудевы, ощущал, как боли и страхи текут к слушателю, как течет к тому и вновь возвращается его сокровенная надежда. Открыть рану перед этим слушателем было все равно что омыть ее в реке, пока она не остынет и не сольется с рекою в одно. Еще продолжая говорить, продолжая свои признания, свою исповедь, Сиддхартха все больше и больше чувствовал, что слушает его уже не Васудева, не человек, что этот недвижно внимающий вбирает в себя его исповедь, как дерево дождь, что этот недвижный — сама река, само божество, сама вечность. Сиддхартха уже не думал о себе и о своей ране, он целиком отдался постижению преображенной сути Васудевы и, чем больше вчувствовался и проникал в это, тем меньше испытывал удивления, тем больше осознавал, что все в порядке, все естественно, что Васудева давно уже, чуть ли не всегда, был таким и только он один не вполне это разумел, да и сам, пожалуй, едва ли отличается от него. Он чувствовал, что смотрит теперь на старика Васудеву так, как народ смотрит на богов, и что это не может продлиться долго; в сердце своем он начал прощаться с Васудевой. А между тем все говорил и говорил.

Когда он закончил свои речи, Васудева устремил на него свой дружелюбный, немного подслеповатый взор и молча, без слов осиял его любовью и безмятежностью, пониманием и мудростью. Потом взял Сиддхартху за руку, повел его на берег, сел вместе с ним на упавший ствол, улыбнулся реке.

— Ты слышал, как она смеется, — молвил он. — Но ты слышал не все. Давай послушаем, ты услышишь еще много больше.

Они сидели и слушали. Кротко звучал многоголосый напев реки. Сиддхартха глядел в поток, и в струящихся водах явились ему образы: его отец, одинокий, горюющий о сыне; и он сам, одинокий, тоже привязанный к далекому сыну узами тоски; и его сын, такой же одинокий, мальчик, без оглядки спешащий по огненной стезе своих юных желаний, — каждый устремлен к своей цели, каждый одержим своей целью, каждый страждущ. Река пела голосом страданья, вдохновенно пела, вдохновенно бежала к своей цели, жалобно звучал ее голос.

«Слышишь?» — вопросил безмолвно взор Васудевы.

Сиддхартха кивнул.

— Вслушайся получше! — шепнул Васудева.

Сиддхартха постарался напрячь слух. Образ отца, и собственный его образ, и образ сына слились в одно, возник и растаял образ Камалы, и образ Говинды, и иные образы, и все они сливались в одно, становились рекой, и в образе реки все стремились к цели, вдохновенно, жадно, мучительно, и голос реки был полон страсти, полон жгучей боли, полон неутолимой жажды. К цели стремилась река, Сиддхартха смотрел, как она спешит, эта река, что состоит из него, и его близких, и всех людей, которых он когда-либо видел, все волны и воды спешили в страданье к своим целям, многим целям, к водопаду, к озеру, к быстрине, к морю, и все цели бывали достигнуты, и за каждой следовала новая, и из воды делался пар и поднимался в небо, делался дождем и падал с небес на землю, делался источником, ручьем, рекой, вновь стремился, вновь бежал. Но вдохновенный голос стал другим. Он еще звучал, горестный, ищущий, но иные голоса примкнули к нему, голоса радости и страдания, добрые голоса и злые, смеющиеся и печальные, сотни голосов, тысячи голосов.

Сиддхартха вслушивался. Теперь он весь обратился в слух, целиком погрузился в звуки, целиком опустошенный, он только вбирал их в себя, чувствовал, что теперь до конца постиг вслушивание. Сколько раз уже он все это слышал, это множество голосов в реке, — сегодня оно звучало по-новому. Он уже не мог различить это множество голосов, радостных и плачущих, детских и мужских, они все слились воедино, жалоба страсти и смех посвященного, вопль гнева и стон умирающего, все было одно, все переплетено и связано между собой, тысячекратно свито и перекручено. И всё вместе, все голоса, все цели, все стремленья, все страдания, все желания, всё доброе и злое, всё вместе было — мир. Всё вместе было — река бытия, музыка жизни. И когда Сиддхартха внимательно вслушивался в этот поток, в эту тысячеголосую песнь, когда не слушал ни страданья, ни хохота, когда не привязывался душой к какому-то одному голосу, не вникал в него своим «я», а слышал все сразу, внимал целому, единству, тогда великая песнь тысяч голосов оборачивалась одним-единственным словом, и было это слово *«ом»* — совершенство.

«Ты слышишь?» — вновь вопросил взор Васудевы.

Светло блистала улыбка Васудевы, сияя, витала она над всеми морщинками его старого лица, как над всеми голосами реки витало *ом*. Светло блистала его улыбка, когда он смотрел на друга, и светло взблеснула теперь та же улыбка и на лице Сиддхартхи. Его рана распустилась цветком, его страдание сияло лучами, его «я» влилось в единство.

В этот час Сиддхартха перестал бороться с судьбой, перестал страдать. На лице его цвела безмятежность знания, которому уже не противится никакая воля, которому ведомо совершенство, которое согласно с потоком бытия, с рекою жизни, преисполнено сострадания, преисполнено сожаления, отдано теченью, принадлежит единству.

Когда Васудева поднялся с упавшего ствола на берегу, когда заглянул в глаза Сиддхартхи и увидел в них сияющую безмятежность знания, он легко тронул рукой его плечо, по обыкновенью бережно и ласково, и молвил:

— Я ждал этого часа, мой дорогой. И теперь, когда он наступил, позволь мне уйти. Долго я ждал этого часа, долго был перевозчиком Васудевой. Теперь довольно. Прощай, хижина, прощай, река, прощай, Сиддхартха!

Сиддхартха тихо склонился перед уходящим.

— Я знал это, — тихо сказал он. — Ты уйдешь в леса?

— Я ухожу в леса, я ухожу в вечность, — сияя, молвил Васудева.

Сияя, он зашагал прочь; Сиддхартха проводил его взглядом. С глубокой радостью, с глубокой серьезностью смотрел он ему вослед, видел его поступь, исполненную умиротворения, видел его главу, исполненную блеска, его фигуру, исполненную света.

Говинда

Вместе с другими монахами Говинда отдыхал однажды в саду, принесенном некогда куртизанкой Камалою в дар ученикам Готамы. Он слышал о старике перевозчике, который жил у реки в дневном переходе отсюда и которого многие считали мудрецом. Когда Говинда продолжил свой путь, он выбрал дорогу к переправе, страстно желая увидеть этого перевозчика. Ведь он хотя и жил всю свою жизнь по уставу и более молодые монахи глубоко чтили его возраст и скромность, в сердце его еще не угасли тревоги и искания.

Он вышел к реке, и попросил старика перевезти его, и, когда на том берегу оба они вылезли из лодки, сказал старику:

— Много добра делал ты нам, монахам и странникам, многих из нас ты уже перевозил. Так, может быть, и ты тоже искатель правильного пути?

И молвил Сиддхартха с улыбкой в старых глазах:

— Ты зовешь себя искателем, о досточтимый, а ведь ты уже в преклонных летах и носишь одежду монахов Готамы.

— Я и вправду стар, чтобы искать, — сказал Говинда, — и все же не оставил поиски. Я никогда не перестану искать, похоже, это — мое предназначение. И сдается мне, ты тоже искал. Не молвишь ли хотя бы одно слово, почтенный?

— Что я могу сказать тебе, досточтимый? — молвил Сиддхартха. — Быть может, ты ищешь слишком много? И оттого не находишь?

— Как это? — спросил Говинда.

— Когда человек ищет, — сказал Сиддхартха, — случается, глаз его видит лишь то, что он ищет, и он не в состоянии ничего найти, не в состоянии ничего воспринять, ибо думает всегда лишь об искомом, имеет цель, одержим этой целью. Искать — значит иметь цель. А вот находить — значит быть свободным, распахнутым настежь, не иметь цели. Ты, досточтимый, верно, и впрямь искатель, ведь, стремясь к своей цели, не видишь того, что совсем рядом, у тебя перед глазами.

— Я еще не вполне понимаю, — взмолился Говинда. — Куда ты клонишь?

И Сиддхартха сказал:

— Когда-то, о досточтимый, много лет назад, ты уже побывал возле этой реки, и нашел на берегу спящего, и сел подле него, чтобы охранять его сон. Но ты не узнал спящего, о Говинда.

Изумленно, точно околдованный, смотрел монах в глаза перевозчика.

— Так ты — Сиддхартха? — спросил он робким голосом. — Я и на сей раз не узнал бы тебя! Сердечный привет тебе, Сиддхартха, сердечно рад вновь видеть тебя! Ты очень изменился, друг мой... Выходит, теперь ты стал перевозчиком?

Сиддхартха дружелюбно рассмеялся.

— Да, перевозчиком. Иным, Говинда, суждено измениться множество раз, суждено носить всякую одежду, и я — один из них, мой дорогой. Добро пожаловать, Говинда, заночуй сегодня в моей хижине.

И Говинда заночевал в хижине и спал на постели, которая некогда принадлежала Васудеве. Много вопросов задал он другу своей юности, многое из своей жизни пришлось Сиддхартхе ему рассказать.

Когда наутро настало время отправляться в дорогу, Говинда, не без колебаний, произнес такие слова:

— Прежде чем я продолжу мой путь, Сиддхартха, позволь мне еще один вопрос. Есть ли у тебя учение? Есть ли вера или знание, которому ты следуешь, которое помогает тебе жить и вершить справедливость?

Ответил ему Сиддхартха:

— Ты знаешь, мой дорогой, еще молодым человеком, когда мы жили в лесу у подвижников, я пришел к мысли не доверять учениям и наставникам и обратиться к ним спиной. И я не передумал. А все же у меня было с тех пор много наставников. Долгое время моей наставницей была красавица куртизанка, учился я и у богатого купца, и у игроков в кости. Однажды был моим наставником и странствующий ученик Будды, он сидел подле меня, когда я, бродя по свету, заснул в лесу. Я учился и у него, и я благодарен ему, очень благодарен. Но особенно многому научили меня вот эта река и мой предшественник, перевозчик Васудева. Он был очень простой человек, Васудева, не мыслитель, но знал необходимое, почти как Готама, он был Совершенный, Святой.

И Говинда сказал:

— Сдается мне, о Сиддхартха, ты по-прежнему любишь легкую насмешку. Я верю тебе и знаю, что ты не следовал какому бы то ни было наставнику. Но ведь ты сам, наверное, отыскал если не учение, то хотя бы некие мысли, некие выводы, которые принадлежат тебе и помогают жить? Если б ты поделился ими со мной, сердце мое преисполнилось бы радости.

Сиддхартха на это молвил:

— Мысли у меня были, да, и выводы я делал, время от времени. Порой — всего лишь час или день — я ощущал в себе знание, подобно тому как ощущают в сердце жизнь. Много было мыслей, только мне трудно передать их тебе. Вот, Говинда, это и есть одна из моих находок: мудрость непередаваема. Мудрость, которую мудрец пытается передать, всегда звучит нелепостью.

— Ты шутишь? — спросил Говинда.

— Я не шучу. Я говорю то, что отыскал. Знание можно передать, а мудрость нет. Ее можно отыскать, ею можно жить, можно ею преисполниться, творить с ее помощью чудеса, но нельзя ни высказать ее, ни проповедовать. Именно это в юности нет-нет да и брезжило мне догадкой, именно это отвратило меня от наставников. Я отыскал одну мысль, Говинда, которую ты опять сочтешь шуткой или нелепостью, но это — лучшая из моих мыслей. И она гласит: противоположность любой истины тоже истина! Дело вот в чем: истину можно высказать и облечь в слова, если она однобока. Однобоко все, что можно помыслить и высказать, облечь в мысли и слова, однобоко, половинчато, лишено целостности, завершенности, единства. Когда Возвышенный, Готама, в проповеди своей говорил о мире, он поневоле делил его на сансару и нирвану, иллюзию и истину, страдание и избавление. Иначе нельзя; тому, кто желает наставлять, иного пути не дано. Однако же сам по себе мир, сущее вовне и внутри нас, — сам по себе мир никогда не бывает однобок. Ни человек, ни деяние не бывают целиком сансарой или целиком нирваной, не бывает человек ни целиком свят, ни целиком греховен. Просто так кажется, ибо мы подвержены иллюзии, что время есть нечто реальное. Время нереально, Говинда, часто, ах как часто я убеждался в этом. А коль скоро время нереально, значит, и промежуток, якобы разделяющий мир и вечность, страдание и блаженство, зло и добро, тоже есть иллюзия.

— Как же это? — боязливо спросил Говинда.

— Слушай хорошенько, дорогой, слушай хорошенько! Грешник, как я и ты, есть грешник сейчас, но когда-нибудь он вновь станет Брахмой, когда-нибудь достигнет нирваны, станет Буддой — так вот, это «когда-нибудь» есть иллюзия, есть только притча! Грешник вовсе не становится Буддой, не находится в развитии, хотя наше мышление неспособно иначе представить себе подобные вещи.

Нет, в грешнике уже сегодня, сейчас присутствует грядущий Будда, все его будущее уже существует, и тебе надлежит почитать в нем, в себе, в каждом Будду завтрашнего, пока не состоявшегося, сокрытого. Мир, друг Говинда, не является несовершенным и не проходит долгий, неспешный путь к совершенству, нет, он совершенен в каждый свой миг, все грехи уже несут в себе свое отпущенье, во всяком малом дитяти уже присутствует старец, во всяком новорожденном младенце — смерть, во всяком умирающем — вечная жизнь. Ни одному из людей невозможно увидеть, сколь далеко иной продвинулся на своем пути, в разбойнике и азартном игроке поджидает Будда, в брахмане поджидает разбойник. В глубокой медитации существует возможность отрешиться от времени, увидеть одновременно все былое, все нынешнее и грядущее, и тогда все хорошо, все совершенно, все Брахман. Вот почему то, что есть, представляется мне хорошим, смерть представляется мне как жизнь, грех как святость, разумность как безрассудство, все так и должно быть, все требует лишь моего одобрения, лишь моей готовности, моего полюбовного согласия, и это для меня хорошо, не может мне повредить. Я убедился телом и душою, что грех был мне весьма необходим, я нуждался в любострастии, в стяжательстве, в тщеславности и позорнейшем отчаянии, чтобы научиться отречению от противодействия, чтобы научиться любить мир, чтобы не сравнивать его более с неким для меня желанным, мною воображаемым миром, вымышленным мною образом совершенства, а оставить его таким, каков он есть, и любить его, и радоваться собственной к нему принадлежности... Вот каковы, о Говинда, немногие из мыслей, что приходили мне на ум.

Сиддхартха нагнулся, поднял с земли камень и взвесил его на ладони.

— Смотри, — молвил он, играя своей находкой, — вот камень, и спустя определенное время он, пожалуй, станет землей, а из земли станет растение, или зверь, или человек. Раньше я бы сказал: «Камень, он и есть камень, он не имеет ценности, принадлежит миру Майи, поскольку же в круговороте перерождений он может стать человеком и разумом, я и ему оказываю уважение». Пожалуй, так бы я думал раньше. Сегодня, однако, я думаю: это сразу и камень, и зверь, и божество, и Будда, я почитаю и люблю его не потому, что он когда-нибудь станет тем-то или тем-то, а потому, что он уже давным-давно, извечно всем этим является... и как раз за то, что он камень, что сегодня и сейчас представляется мне камнем, как раз за это я и люблю его, и вижу значение и смысл в каждой его прожилке и вмятинке, в серых и желтых пятнах, в твердости, в звуке, который он издает, когда я его простукиваю, в сухости или влажности его поверхности. Есть камни, на ощупь схожие с маслом или мылом, и другие — словно листва, и третьи — шершавые, как песок, каждый неповторим и на свой лад произносит молитвенное *ом,* и каждый есть Брахман, а одновременно и в такой же мере — камень, маслянистый или мыльный, и мне именно это по нраву и кажется чудесным и достойным поклонения... Но, с твоего разрешения, я более не стану об этом распространяться. Слова не идут во благо тайному смыслу; произнесенное вслух, все тотчас же неизменно становится чуточку иным, чуточку поддельным, чуточку глупым... н-да, то, что для одного человека есть богатство и мудрость, для другого всегда звучит нелепостью, и это тоже очень хорошо и очень мне по нраву, и с этим я тоже совершенно согласен.

Молча слушал Говинда.

— Зачем ты сказал мне вот это все о камне? — робко спросил он после паузы.

— Так вышло нечаянно. Или, быть может, я имел в виду, что люблю и этот камень, и эту реку, и вообще все перемены, которые мы наблюдаем и у которых способны учиться. Я могу любить камень, Говинда, и дерево, и кусок коры. Это предметы, а предметы можно любить. Слова же я любить не могу. Вот почему проповеди и наставления для меня не годятся, в них нет ни твердости, ни мягкости, ни красок, ни граней, ни запаха, ни вкуса — ничего нет, кроме слов! Быть может, именно это и мешает тебе обрести мир, быть может, все дело именно в многословье. Ведь избавление и добродетель, сансара и нирвана тоже всего лишь слова, Говинда. Нет предмета под названьем «нирвана»; есть только слово «нирвана».

— Нирвана — это не только слово, — сказал Говинда. — Это мысль.

А Сиддхартха продолжал:

— Мысль? Что ж, возможно. Дорогой мой, признаться, я не провожу различия между мыслями и словами. Откровенно говоря, мысли я тоже ставлю не очень высоко. Мне куда важнее предметы. К примеру, здесь, на этом перевозе, моим предшественником и учителем был один человек, святой, так вот он много лет попросту верил в реку, и больше ни во что. Он заметил, что река говорит с ним, и стал учиться у нее, она воспитывала его и наставляла; эта река казалась ему божеством, долгие годы он знать не знал, что любой ветерок, любое облачко, любая птаха, любой жучок не менее божественны, и знают столь же много, и могут столь же многому научить, как и досточтимая река. Но когда этот святой ушел в леса, он знал все, знал больше тебя и меня, без наставников, без книг, оттого лишь, что верил в реку.

Говинда же молвил:

— Но неужели то, что ты зовешь *предметами,* существует в реальности? Не обман ли это Майи, всего-навсего изображение и кажимость? Твой камень, дерево, река — реальны ли они?

— Вот и это, — ответил Сиддхартха, — более не тревожит меня. Предметы могут быть или не быть кажимостью, но тогда и я сам кажимость, а значит, они всегда мне под стать. И как раз это меня радует, вызывает уважение — они мне под стать. Поэтому я могу любить их. И вот тебе вывод, над которым ты, наверно, посмеешься: любовь, о Говинда, по-моему, вообще самое главное. Постигать мир, объяснять его, презирать — пусть этим занимаются великие мыслители. Для меня же существенно только одно — умение любить мир, не презирать его, не испытывать ненависти к нему и к себе, умение смотреть на него, и на себя, и на все существа с любовью, с восторгом, с благоговением.

— Мне это понятно, — сказал Говинда. — Однако он, Возвышенный, именно это считал обманом. Он предписывает благожелательность, бережное внимание, сочувствие, терпимость, но не любовь; он запрещал нам сковывать свое сердце любовью к земному.

— Я знаю. — Сиддхартха улыбнулся, и улыбка его лучилась золотом. — Я знаю, Говинда. Видишь, вот мы с тобой и угодили в самые дебри суждений, в спор о словах. Ибо я не могу отрицать, что мои слова о любви противоречат, якобы противоречат словам Готамы. Потому-то я так сильно не доверяю словам — знаю же, это противоречие — иллюзия. Знаю, я в согласии с Готамой. Разве же мог он не ведать любви? Ведь он постиг все человеческое бытие в его преходящности, в его ничтожности и, однако, так любил людей, что употребил долгую, многотрудную жизнь единственно для того, чтобы помогать им, давать наставления! И у него, у великого твоего учителя, мне милее предмет, нежели слова, его деяния и жизнь важнее, чем его речи, мановенье его руки важнее всех его суждений. Не в речах, не в помышленьях вижу я его величие, а только в деяньях, в жизни.

Долго молчали старики. Потом Говинда поклонился на прощание и молвил:

— Спасибо тебе, Сиддхартха, что ты поведал мне кое-что из твоих мыслей. Отчасти они диковинны и не все стали мне сразу понятны. Но как бы там ни было, спасибо тебе, и да будут дни твои полны покоя.

(Втайне же он думал: этот Сиддхартха — странный человек, странные мысли он высказывает, нелепо звучит его ученье. Совсем по-другому звучит прозрачное ученье Возвышенного, яснее, чище, понятнее, нет в нем ничего диковинного, нелепого или смехотворного. Но совсем иными, нежели мысли, представляются мне руки и ноги Сиддхартхи, его глаза, лоб, дыхание, улыбка, приветствие, походка. Ни разу с тех пор, как наш Возвышенный Готама вступил в нирвану, ни разу не встречался мне человек, в котором бы я почувствовал святого. Лишь он, этот Сиддхартха, единственный вызвал у меня такое чувство. Пусть его ученье диковинно, пусть слова его звучат нелепо — взгляд его и рука, кожа и волосы, все в нем лучится чистотой, покоем, радостью, и кротостью, и святостью, каких я со времени недавней смерти нашего Возвышенного учителя не видел ни в одном человеке.)

С такими мыслями и разладом в сердце Говинда, влекомый любовью, еще раз склонился к Сиддхартхе. Почтил спокойно сидящего низким поклоном.

— Сиддхартха, — произнес он, — мы оба состарились. Едва ли один из нас встретит другого в нынешнем воплощении. Я вижу, возлюбленный мой, что ты обрел мир. Скажи мне, почтенный, еще хоть слово, дай мне напутствие, которое я смогу понять, смогу постичь! Напутствуй меня в дорогу. Ведь моя дорога нередко трудна, а нередко мрачна, Сиддхартха.

Сиддхартха молчал и смотрел на него со все той же кроткой улыбкой. Неотрывно глядел ему в лицо Говинда, со страхом, с надеждой. Страдание и вечные исканья читались в его глазах, и вечное необретение.

Сиддхартха видел это и улыбался.

— Наклонись ко мне! — тихо шепнул он на ухо Говинде. — Наклонись! Вот так, еще ближе! Совсем близко! Поцелуй меня в лоб, Говинда!

Когда же Говинда, охваченный удивлением и все-таки влекомый любовью и смутной догадкой, исполнил просьбу и, наклонясь, коснулся губами его лба, с ним самим произошло чудо. Пока мысли его были еще заняты диковинными словами Сиддхартхи, пока он тщетно и с неохотой пробовал отрешиться от времени, представить себе нирвану и сансару как единое целое, пока даже некоторое пренебрежение к словам друга спорило в нем с огромной любовью и благоговением, с ним произошло вот что.

Он не видел более лица своего друга Сиддхартхи, вместо этого ему виделись иные лица, множество, длинная череда, текучая река лиц, сотен, тысяч, все они появлялись и исчезали и, однако же, словно пребывали здесь все разом, постоянно менялись и возобновлялись и, однако же, все были Сиддхартхой. Он видел черты рыбы, карпа, с разинутым в безмерном страданье ртом, умирающей рыбы, с помутневшими глазами... видел лицо новорожденного ребенка, красное и сморщенное, искаженное плаксивой гримасой... видел лицо убийцы, вонзающего нож в тело какого-то человека... видел, в ту же самую секунду, как этот преступник, связанный, становится на колени и палач, взмахнув мечом, отсекает ему голову... видел нагие тела мужчин и женщин в позах и схватках неистовой любви... видел распростертые трупы, недвижные, холодные, ничтожные... видел звериные головы — кабаньи, крокодильи, слоновьи, бычьи — и головы птиц... видел богов, Кришну, Агни, — видел все эти воплощенья и лица в тысячах взаимосвязей, одна ипостась помогала другой, любила, ненавидела, истребляла, рождала вновь, и каждая была желаньем смерти, мучительно-страстным приятием бренности, и все же ни одна не умирала, только преображалась, без устали рождаясь вновь, без устали обретая новый облик, и время не разделяло эти обличья... и все эти воплощенья и лица покоились, таяли, создавались, уплывали прочь и сливались друг с другом, а поверху все они были неизменно затянуты чем-то тонким, бесплотным и, однако, сущим, словно бы тонким стеклом либо льдом, словно бы прозрачной пленкой, кожурой, оболочкой, маской из воды, и эта маска улыбалась, и эта маска была — улыбающееся лицо Сиддхартхи, которого он, Говинда, в это самое мгновенье касался губами. И — так виделось Говинде — эта улыбка маски, улыбка единства над текучими воплощениями, улыбка одновременности поверх тысяч рождений и смертей, эта улыбка Сиддхартхи была в точности та же самая, в точности такая же кроткая, тонкая, непроницаемая, не то добрая, не то насмешливая, мудрая, тысячеликая улыбка Готамы, Будды, какую он сам сотни раз благоговейно созерцал. Именно так — Говинда знал это — улыбались Совершенные.

Не ведая уже, существует ли время, продолжалось ли это виденье секунду или столетие, не ведая уже, существует ли Сиддхартха, существует ли Готама, существуют ли «я» и «ты», будто пораженный в самую душу божественной стрелой, что оставляет сладостные раны, околдованный и хмельной душою, стоял Говинда еще минуту-другую, склонясь над кротким лицом Сиддхартхи, которое только что поцеловал, которое только что было театром всех воплощений, всего становленья и всего бытия. Лик остался неизменен, после того как под его поверхностью вновь сомкнулись глубины великого разнообразия, он улыбался кротко, улыбался благостно и мягко, не то очень добросердечно, не то очень насмешливо, точь-в-точь как улыбался тот, Возвышенный.

Низко-низко склонился Говинда, по его старому лицу текли слезы, а он и не догадывался; огнем горело в его сердце чувство беззаветнейшей любви, совершеннейшего благоговения. Низко-низко, до земли, склонился Говинда перед недвижно сидящим, улыбка которого напоминала ему обо всем, что он когда-либо в жизни любил, что когда-либо в жизни было ему дорого и свято.

ПУТЕШЕСТВИЕ К ЗЕМЛЕ ВОСТОКА

1

Коль скоро и мне суждено было пережить нечто великое, ибо я имел счастье принадлежать к Ордену и быть одним из участников того неповторимого путешествия, чудо которого сверкнуло тогда, как метеор, и которое впоследствии столь необъяснимо быстро было предано забвению и даже снискало дурную славу, я решился составить небольшое описание этого неслыханного похода; похода, подобного которому человечество не предпринимало со дней Гюона* и Неистового Роланда вплоть до нашего удивительного времени — мрачного, отчаявшегося и все же такого плодотворного, — времени после великой войны. Полагаю, я не обманываюсь относительно сложностей своего предприятия; они велики и не одной лишь субъективной природы, хотя уже таковые значительны. Ведь я не только не сохранил ничего на память — ни вещей, ни документов, ни дневников, — но в трудные, минувшие с той поры годы бедствий, болезней и тяжких испытаний утратил и значительную часть воспоминаний; вследствие ударов судьбы и бесконечных, выбивавших почву

* Герой старофранцузского героического эпоса. — *Здесь и далее примеч. пер.*

из-под ног потрясений позорно ослабела как самая моя память, так и мое доверие к ней, прежде столь надежной. Кроме того, помимо личных напастей, руки у меня связаны обетом, данным Ордену; ибо обет этот позволяет беспрепятственно рассказывать о событиях личной жизни, однако запрещает любые откровения о тайне Ордена. И хотя Орден вот уже сколько времени не дает о себе знать и я не видел ни одного из его братьев, никакие блага и угрозы мира не заставят меня нарушить обет. Напротив, если бы я сегодня или завтра предстал перед военным трибуналом и меня поставили бы перед выбором: быть убитым или выдать тайну Ордена — о, с какой пылкой радостью я скрепил бы свой обет Ордену смертью!

Здесь попутно следует заметить: после издания путевых записок графа Кайзерлинга* неоднократно выходили книги, авторы которых — отчасти неосознанно, отчасти, однако, умышленно — создавали впечатление, будто они братья Ордена и принимали участие в путешествии к земле Востока. Даже увлекательные записки Оссендовского** время от времени попадали под это лестное подозрение. Но все авторы не имеют ни малейшего отношения ни к Ордену, ни к нашему путешествию к земле Востока, в лучшем случае — больше не имеют; так, проповедники мелких пиетистских сект не имеют

---

* Немецкий писатель и философ граф Герман фон Кайзерлинг (1880–1946).

** Польский писатель Антон Оссендовский (1876–1945) описал свои путешествия по Сибири, Дальнему Востоку, Северной Африке.

отношения к Святой Земле, апостолам и Святому Духу, на особую благодать и участие которого ссылаются. Даже если граф Кайзерлинг действительно совершил свое комфортабельное кругосветное путешествие, даже если Оссендовский действительно побывал в описанных им краях, их странствия все же не были чудом и не открыли новых земель, в то время как мы, отказываясь от всех банальных подручных средств, которыми пользуются толпы современных туристов — от железных дорог, пароходов, телеграфа, автомобилей, самолетов и тому подобного, — на определенных этапах своего путешествия к земле Востока в самом деле прорывались в область героического и магического. Тогда, вскоре после мировой войны, специально к размышлению побежденных народов, воцарилось удивительное состояние нереальности, готовности к сверхъестественному, хотя в действительности люди преодолевали границы и проникали в царство грядущей психократии крайне редко. То наше путешествие по Лунному морю в Фамагусту* под предводительством Альберта Великого, или открытие острова Бабочек, двенадцати линий за Дзипангу**, или возвышенное торжество Ордена на могиле Рюдигера*** — все это деяния и опыт, лишь единожды дарованные людям нашего времени и пространства.

---

* Порт на Кипре.

** Так Марко Поло (1254–1324) назвал группу островов, на которых расположена современная Япония.

*** Персонаж средневекового немецкого эпоса «Кольцо Нибелунгов».

Но вот я уже и натолкнулся на одно из самых серьезных препятствий к моему повествованию. Было бы относительно легко донести до читателя масштаб наших деяний, глубину их восприятия нами, будь мне позволено ввести его в самую суть тайны Ордена. В противном же случае многое — возможно, все — покажется ему невероятным и непостижимым. Ведь я снова и снова вынужден буду дерзко повторять уже тот парадокс, что предпринимать само по себе невозможное необходимо. Я повторю вслед за Сиддхартхой, нашим мудрым другом с Востока: «Слова только вредят тайному смыслу, все сразу становится немножко иным, немножко неточным, немножко смешным; да, но это неплохо, и я согласен: что для одного сокровище и мудрость, другому всегда кажется шутовством». Много веков члены и летописцы нашего Ордена знали об этой трудности и отважно боролись с ней, и один из них, один из величайших, выразился в своих бессмертных строках так:

Кто странствовал далеко от дома,
Видел непривычные виды,
И рассказывает, и ему не верят,—
Тот надолго ославится именем лжеца.
Глупому народу понятно
Только то, что можно видеть и трогать:
И конечно, неискушенный,
К моей песне он будет маловерен*.

Эта-то «неискушенность» и стала причиной того, что наше путешествие, некогда приводившее в вос-

---

* Ариосто Л. Неистовый Роланд, песнь VII. Пер. М. Гаспарова.

торг тысячи, сегодня не только забыто, но и на память о нем наложено прямо-таки табу. Впрочем, история полна примерами подобного рода. Вся мировая история часто кажется мне не чем иным, как книжкой с картинками, в которой отражается самая сильная и слепая человеческая страсть — страсть к забвению. Разве каждое поколение не уничтожает посредством запретов, мертвого молчания и презрения именно то, что предыдущему представлялось самым главным? Разве не стали мы только что свидетелями того, как чудовищная, многолетняя, страшная война была на долгие годы забыта, оболгана, вытеснена и заклята целыми народами и как теперь, немного отдохнув, эти народы при помощи увлекательных военных романов снова пытаются напомнить себе то, что сами же не столь давно породили и выстрадали? Точно так же придет день, когда и подвиги и страдания нашего Ордена, сегодня забытые или ставшие для мира предметом насмешек, будут заново открыты, и мои записки призваны несколько тому способствовать.

Одной из особенностей путешествия к земле Востока являлось то, что, хотя в этом походе Орден ставил перед собой вполне определенные, весьма возвышенные цели (они лежат в области тайны и, следовательно, говорить о них нельзя), каждый отдельный участник мог и даже обязан был иметь личные цели, ибо того, кто их не лелеял, не брали, и каждый из нас, в целом разделяя общие идеалы, стремясь к достижению общих целей и сражаясь под общим знаменем, как самый источник силы и последнее утешение нес в сердце свою собственную безрассудную детскую мечту. Что касается моей личной цели, о чем вопрошало меня перед приемом в Орден Высокое Собрание, то она была проста, в то время как иные братья ставили перед собой цели, которые я хоть и уважал, но не вполне мог постичь. Один из них, к примеру, был кладоискателем и бредил поисками высокодуховного сокровища, называемого им Дао*; другой вбил себе в голову, что непременно должен найти какую-то змею, которой он приписывал чудодейственную силу и которую называл Кундалини**. Моя же цель путешествия и жизни, грезившаяся мне, еще когда я был подростком, состояла в том, чтобы увидеть и по возможности добиться любви принцессы Фатимы.

В то время, когда я имел счастье вступить в ряды Ордена, а именно в самом конце великой войны, наша страна была полна спасителей мира, пророков, их последователей, предчувствий конца света, надежд на основание Третьей Империи. Потрясенный войной, отчаявшийся от нужды и голода, глубоко разочарованный кажущейся бесполезностью всех принесенных им кровавых и материальных жертв, народ наш был тогда доступен для некоторых химер, хотя, впрочем, и для некоторых истинных высот духа; повсюду тогда создавались какие-то вакхические танцевальные общества, анабаптистские боевые отряды, да чего только

---

* В даосизме бытие и изменение Вселенной (буквально: «путь»).

** В индуизме скрученная в кольцо человеческая энергия, расположенная у основания позвоночника (буквально: «сила змеи»).

не было якобы намекавшего на потустороннее и чудо; тогда же широко распространилось увлечение индийскими, древнеперсидскими и другими восточными таинствами и культами; все это приводило к тому, что и наш Орден, древнейший, большинство сочло одним из множества торопливо расцветших модных порождений, которое через несколько лет вместе с прочими частью забудется, а частью подвергнется презрению и осмеянию. Сохранивших ему верность это, конечно же, убедить не может.

Я отчетливо помню тот час, когда по истечении нескольких лет испытательного срока предстал перед Высоким Собранием и секретарь посвятил меня в план путешествия к земле Востока, а я изъявил готовность душой и телом следовать ему; меня благожелательно спросили, чего же я жду от путешествия в царство сказки. Покраснев, однако, искренне и без промедления я признался Высокому Собранию в сердечном желании собственными глазами увидеть принцессу Фатиму. И секретарь, во изъяснение жеста Укрытого Завесой, мягко положил мне руку на голову, благословил меня и произнес формулу, означавшую, что я принят в ряды братьев Ордена.

— Anima pia*, — обратился он ко мне и призвал к верности в вере, мужеству в опасности и к братской любви.

Пройдя во время испытательного срока определенную подготовку, я дал присягу, отрекся от мира и его заблуждений, и мне на палец надели перстень нашего Ордена, на котором были выгравированы слова одной из самых прекрасных глав его истории:

* Благочестивая душа *(лат.)*.

Земля и воздух, пламя и вода
Ему подвластны;
Вид его смиряет чудовищ диких;
И Антихрист знает,
Сколь мощь его законна и тверда*.

И так далее

К моей радости, уже при вступлении в Орден мне было явлено одно из тех откровений, в которые предполагалось посвятить нас, послушников. А именно, едва я, следуя указаниям Высших, присоединился к одной из десяток, рассеянных по всей стране и имеющих соединиться в поход Ордена, мне стала пронзительно ясна одна из его тайн. Я понял: хоть я и стал участником внешне определенного и воплощенного паломничества на Восток, в действительности, в высшем и собственном смысле, это был не просто мой и не просто конкретный поход; верных и преданных всегда непрестанно влекло на Восток, на родину света; этот поход всегда совершался сквозь века навстречу свету и чуду; и каждый из нас, братьев, каждая из наших групп, да все наше войско и его великий поход были лишь одной волной в вечном потоке душ, в вечном устремлении духа домой, к восходу, на родину. Осознание пронзило меня как луч и высветило в моем сердце слова, которые я выучил в годы послушничества и которые мне всегда так нравились, хоть я и не вполне понимал их, — слова поэта Новалиса: «Куда ж мы идем? Всегда домой»**.

---

* Виланд Х.М. Оберон, песнь VII, строфа 36. (Пер. И. Дубряковой.) Одним из героев поэмы является рыцарь Гюон.

** Из романа Новалиса (1772–1801) «Генрих фон Офтердинген» (1802).

Между тем наша группа выступила в путь, вскоре мы встретились с другими группами, и нас все больше воодушевляло и окрыляло ощущение единства и общность цели. Строго следуя предписаниям, мы жили как паломники, не пользуясь никакими изобретениями мира, одураченного деньгами, числами и временем, лишающими жизнь ее содержания; прежде всего к этим изобретениям относились все механизмы — железнодорожные поезда, часы и тому подобное. Другой единодушно соблюдаемый нами принцип требовал посетить и поклониться всем памятным местам, связанным с древнейшей историей нашего Ордена и его веры. Мы отдали дань уважения всем священным памятникам, церквям, достойным почитания могилам, вблизи которых пролегал наш путь, руины почтили исполнением гимнов или безмолвным созерцанием, усопших помянули музыкой и молитвами. Нередко при этом неверные высмеивали и мешали нам, но довольно часто нас благословляли священники; они приглашали нас в гости, заучивали наши гимны и провожали со слезами; старики показывали нам забытые памятники прошлого и рассказывали местные легенды; юноши на какое-то время присоединялись к нам и выражали страстное желание стать членами Ордена. Таковым давали советы, посвящали их в первые обряды и упражнения для новоначальных. Произошли первые чудеса: какие-то на наших глазах, о каких-то вдруг стали рассказывать и слагать легенды. Как-то раз, я был тогда совсем еще новичком, совершенно неожиданно все заговорили о том, что в палатке наших наставников гостит великан Аграмант*, пытаясь уговорить их отправиться в Африку, чтобы освободить братьев Ордена из мавританского плена. Позже видели Штутгартского гнома, Дегтяря, Утешителя**, и тут же распространился слух, будто мы идем к озеру Блаутопф. Однако первое чудесное явление, увиденное мною собственными глазами, было вот какое. Мы молились и отдыхали у полуразрушенной часовни в округе Шпайхендорф, на ее единственной неповрежденной стене виднелась огромная фреска: Святой Христофор несет на плече маленького Спасителя, фигурка которого наполовину стерлась от времени. Наставники, как они порой это делали, не просто двинулись в путь, следуя маршруту, а предложили нам высказать свое мнение о том, куда идти, так как часовня стояла на перепутье трех дорог и у нас был выбор. Высказались немногие, но один из нас, указывая налево, настоятельно призывал идти туда. Мы молча ждали решения наставников, как вдруг Святой Христофор на стене воздел руку, в которой держал длинный грубый посох, и указал налево, куда и стремился наш брат. Мы все молча наблюдали за этим, и так же молча наставники наши развернулись и пошли налево, а мы с сердечной радостью последовали за ними.

Вскоре после того как мы вступили в пределы Швабии, дала о себе знать некая сила, о которой мы прежде не думали и воздействие которой ощущали

---

* Персонаж поэмы Л. Ариосто (1474–1533) «Неистовый Роланд».

** Персонаж сказки Э. Мёрике (1804–1875) «Штутгартский гном» (1853), в которой изложена также легенда об озере Блаутопф.

впоследствии длительное время, не зная, однако, враждебна она нам или дружественна. То была сила Хранителей короны*, испокон веков оберегающих здесь память и наследие Гогенштауфенов. Не знаю, было ли известно нашим руководителям больше и получали ли они какие-либо указания. Знаю только, что оттуда нам часто посылали знаки одобрения или предупреждения; так, на пути к Бопфингену мы увидели на холме седовласого рыцаря в латах; закрыв глаза, он покачал старой головой и тут же бесследно исчез. Наши руководители вняли предупреждению, мы немедленно свернули и так и не увидели Бопфингена. Недалеко от Ураха в палатке наставников вдруг как из-под земли вырос посланник Хранителей короны и посулами и угрозами пытался убедить их перейти на службу к Штауфенам, а именно — подготовить завоевание Сицилии. Когда наставники решительно отказались следовать за ними, он якобы страшными словами проклял Орден и наше войско. Но я передаю лишь то, о чем мы шептались между собой; сами наставники не проронили об этом ни слова. И все же представляется вероятным, что именно наши неровные отношения с Хранителями короны способствовали тому, что какое-то время Орден незаслуженно считали тайным обществом, преследующим цель восстановления монархии.

Однажды я стал также свидетелем того, как один из моих товарищей пожалел, что дал обет, нарушил его и снова впал в безверие. Это был молодой человек, очень мне симпатичный. Он отправился к земле

---

* См. роман А. фон Арнима (1781–1831) «Хранители короны» (1817).

Востока, чтобы увидеть гроб пророка Мухаммеда; он слышал, что гроб этот волшебным образом может летать. В одном из швабских не то алеманских городков, где мы пережидали противостояние Сатурна и Луны, этот несчастный, уже давно производивший впечатление угрюмого и подавленного человека, случайно повстречал своего бывшего учителя, нежную привязанность к которому сохранил со школьных лет; и учителю удалось добиться того, что юноша снова увидел наше дело в ложном свете. После встречи с учителем бедняга вернулся в лагерь в ужасном возбуждении, с искаженным лицом и поднял шум перед палаткой наставников; когда же вышел секретарь, он в гневе закричал ему, что, дескать, хватит с него этого шутовского похода, который никогда не приведет нас на Ориент, что он сыт по горло всеми этими задержками из-за каких-то дурацких астрологических предсказаний, сыт по горло бездельем, ребяческими метаниями, цветочными праздниками, всей этой ложной многозначительностью при исполнении магических обрядов, смешением жизни и вымысла — все это у него уже вот где сидит, он бросает наставникам под ноги свой перстень и надежной железной дорогой возвращается домой к полезной работе. Это было отвратительное и жалкое зрелище, у нас сжались сердца от стыда и вместе с тем от сострадания к ослепленному. Секретарь дружелюбно выслушал его, с улыбкой подобрал перстень и сказал ясным спокойным голосом, который должен был устыдить бунтаря:

— Значит, ты прощаешься с нами и возвращаешься к железной дороге, здравому смыслу и полезной работе. Ты прощаешься с Орденом, прощаешься с походом на Восток, прощаешься с магией, цветочными праздниками, поэзией. Ты свободен, ты более не связан обетом.

— И обетом молчания? — запальчиво воскликнул отступник.

— И обетом молчания, — ответствовал секретарь. — Вспомни: ты клялся не выдавать тайну Ордена неверным. Но поскольку, как мы видим, ты забыл эту тайну, то никому не сможешь ее рассказать.

— Забыл?! Я ничего не забыл! — воскликнул юноша, однако растерялся и, когда секретарь повернулся к нему спиной и удалился в палатку, стремглав убежал.

Мы жалели его, но те дни были настолько заполнены событиями, что я на удивление быстро о нем забыл. И вот какое-то время спустя, когда, вероятно, уже никто из нас о нем не думал, проходя деревни и города, мы услышали рассказы местных жителей об этом самом юноше. Они-де принимали молодого человека (точно описывая его и называя по имени), который повсюду нас ищет. Сначала юноша говорил, что он один из нас, но отстал и заблудился, затем начинал плакать и уверять, что предал нас и бежал, однако теперь понял, что жить не может без Ордена, что хочет и должен нас найти, пасть в ноги наставникам и вымолить у них прощение. Эту историю нам рассказывали повсюду; куда бы мы ни пришли, несчастный только что побывал. Мы спросили секретаря, что он об этом думает и чем все кончится.

— Я не думаю, что он нас найдет, — коротко ответил секретарь.

И он нас не нашел, мы никогда его больше не видели.

Как-то раз, когда один из наставников вовлек меня в доверительный разговор, я набрался смелости и спросил его, что же теперь станется с этим братом-отступником. Он ведь раскаивается и ищет нас, сказал я, ему нужно помочь исправить ошибку, и, конечно, в будущем он станет преданнейшим братом Ордена. Наставник сказал:

— Мы будем рады, если он нас найдет. Облегчить ему эту задачу мы не можем. Ему будет очень трудно вновь обрести веру; боюсь, даже если мы подойдем к нему вплотную, он нас просто не увидит и не узнает. Он ослеп. Одно раскаяние не поможет, нельзя выкупить милость раскаянием, ее вообще нельзя купить. Многие испытали подобное, собратьями по несчастью этого молодого человека были великие и знаменитые мужи. Когда-то в юности им светил свет, они были зрячими и следовали за звездой, но пришел здравый смысл и глумливые насмешки мира, пришло малодушие, пришли кажущиеся неудачи, усталость и разочарование, и они снова сбились с пути, снова ослепли. Некоторые потом всю жизнь искали нас, но не могли найти и внушали миру, что наш Орден — лишь красивая легенда, соблазну которой нельзя поддаваться. Другие становились заклятыми врагами Ордена, позорили его и вредили ему, как только могли.

Удивительно торжественные дни наступали всякий раз, как мы, по мере нашего продвижения соединяясь с другими путешествующими, являли собой иногда военный лагерь из многих сотен, да что там — из многих тысяч человек. Ведь поход протекал не в строгом порядке, когда участники более-менее четкими колоннами движутся в одном направлении. Напротив, бесчисленные группы выступали одновременно, каждая следовала за своими наставниками и своими звездами, каждая всегда была готова раствориться в более крупном отряде и какое-то время идти в его составе, но равным образом в любой момент готова была снова отделиться и двинуться дальше своим путем. Некоторые даже прокладывали свои маршруты в одиночестве, и я иногда шел один, когда какой-либо знак или зов увлекал меня на собственную дорогу.

Я вспоминаю о некоей особой группе, с которой мы шли, делали привалы в течение нескольких дней; эта группа ставила своей задачей освободить из мавританского плена в Африке братьев Ордена и принцессу Изабеллу. Говорили, что они владели волшебным рогом

Гюона, и среди них были мои друзья поэт Лаушер* и художники Клингзор** и Пауль Клее***; они только и говорили что про Африку и пленную принцессу, и их библией была книга подвигов Дон Кихота, в честь которого они планировали проложить свой путь через Испанию.

Каждый раз было так прекрасно встретить братьев по духу, присутствовать на их праздниках

---

* Персонаж романа Г. Гессе «Посмертные записки и стихи Германа Лаушера» (1901).

** Герой повести Г. Гессе «Последнее лето Клингзора» (1920).

*** Швейцарский художник-авангардист (1879–1940).

и молениях, приглашать на свои, слушать рассказы о подвигах и замыслах, благословлять их в дорогу и знать: они идут своим путем так же, как мы — своим, у каждого есть своя мечта, свое желание, своя тайная игра в сердце, но все слиты в один мощный поток и пребывают вместе, сердца всех исполнены священного трепета, одной веры, все давали один обет! Я встретил мага Юпа*, чаявшего обрести счастье своей жизни в Кашмире, дымного волшебника Коллофино**, цитировавшего любимые места из «Симплициссимуса», Людовика Жестокого***, мечтой которого было насадить на Святой Земле сад оливковых деревьев и держать рабов, он шел, взяв за руку Ансельма****, отправившегося на поиски ириса, синего цветка своего детства. Я встретил и полюбил Нинон по прозвищу Чужеземка*****, ее глаза тускло мерцали под черными волосами, она ревновала к принцессе моей мечты Фатиме и, скорее всего, не зная того, сама была Фатимой. Мы направлялись туда, куда некогда шли освобождать Гроб Господень или изучать арабскую магию паломники, императоры и крестоносцы, этот паломнический путь прокладывали испанские рыцари и немецкие ученые, ирландские монахи и французские поэты.

---

* Близкий друг Г. Гессе, инженер и архитектор Йозеф Энглерт (1871–1957).

** Друг Г. Гессе, табачный фабрикант Йозеф Файнхальс (1867–1947).

*** Друг Г. Гессе, швейцарский художник Луи Муайе (1880–1962)

**** Герой сказки Г. Гессе «Ирис» (1918).

***** Третья жена Г. Гессе, Нинон (урожд. Ауслендер) (1895–1968).

По профессии я был всего лишь скрипачом и сказочником и отвечал в нашей группе за музыку, но тогда я узнал, как великое время может возвысить маленького человека и укрепить его силы. Я не только играл на скрипке и руководил нашими хорами, но собирал старинные песни и хоралы, сочинял мотеты и мадригалы на шесть и восемь голосов и разучивал их с братьями. Но не о том хочу я рассказать.

Многих из своих товарищей и наставников я очень полюбил. Однако ни о ком не вспоминал впоследствии так часто, как о Лео, хотя тогда вроде бы не замечал его. Лео был одним из наших слуг (разумеется, добровольцев, как и все мы), он помогал носить вещи и время от времени исполнял обязанности личного слуги секретаря. Этот человек как-то ненавязчиво располагал к себе, незаметно покорял, мы все его любили. Он с радостью делал свою работу, частенько напевая что-нибудь или насвистывая, его никогда не было видно, кроме тех случаев, когда он бывал нужен, — идеальный слуга. Кроме того, к нему привязывались все животные, почти всегда с нами шла какая-нибудь собака, прибившаяся к Лео; он умел приручать птиц, на него слетались бабочки. Его увлекло на Восток желание при помощи Ключа Соломона научиться понимать языки птиц. По сравнению с отдельными представителями нашего братства, которые не в ущерб своим достоинствам и верности Ордену имели все-таки, пожалуй, нечто преувеличенное, нечто странное, торжественное или фантастическое, слуга Лео казался простым и естественным, таким краснощеким, здоровым и дружелюбно-нетребовательным.

Мое повествование крайне затрудняет пестрота разрозненных воспоминаний. Я уже говорил, что мы шли то маленькой группой, то многочисленным отрядом или даже образовывали целое войско, но порой в какой-либо местности я оставался лишь с несколькими товарищами или же совсем один, без палатки, наставников, без нашего секретаря. Вести рассказ мне трудно еще потому, что мы перемещались не только в пространстве, но и во времени. Мы шли к земле Востока, но также и в Средневековье или в Золотой век, мы проходили по Италии и Швейцарии, но иногда ночлег заставал нас в десятом столетии, или же мы гостили у патриархов и фей. Путешествуя в одиночестве, я часто возвращался в свое прошлое или встречал людей оттуда, бродил с бывшей невестой по заросшим лесом берегам Верхнего Рейна, пировал с друзьями молодости в Тюбингене, Базеле или Флоренции или мальчиком со школьными товарищами отправлялся на ловлю бабочек; иногда же компанию мне составляли любимые персонажи книг: подле меня скакали Альманнзор* и Парцифаль, Витико**, Златоуст*** и Санчо Панса, или мы навещали Бармекидов****. Когда я потом снова оказывался в какой-нибудь долине вместе с братьями, слышал орденские гимны

---

* Герой одноименной поэмы Г. Гейне (1797–1856).

** Герой одноименной исторической трилогии А. Штифера (1805–1868).

*** Персонаж романа Г. Гессе «Нарцисс и Златоуст» (1930).

**** Династия визирей багдадских халифов (VIII–IX вв.).

и сидел во время привала перед палаткой наставников, я пронзительно сознавал, что мое путешествие в детство или верховая прогулка с Санчо неразрывно связаны с этим путешествием; ибо нашей целью был не просто Восток, более того: наш Восток был не просто страной, не чем-то географическим; это была родина и юность души, это было Везде и Нигде, это было слияние всех времен. Меня осеняло изредка и только на мгновение, но именно в этом заключалось самое большое счастье, когда-либо испытанное мною. Ибо позже, когда я утратил его и мне открылись связи, я не извлек из них, однако, ни малейшей пользы, ни малейшего утешения. Когда уходит что-то драгоценное и неповторимое, у нас появляется чувство, будто мы пробудились от грез. В моем случае это чувство отвратительно верно. Ибо мое счастье и вправду состояло из той же тайны, что и счастье грез, оно состояло из свободы в одно мгновение пережить все, что только можно вообразить, играючи перепутывая внешнее и внутреннее, раздвигая время и пространство, как театральный занавес. Странствуя по миру без машин и пароходов, посредством своей веры обуздывая потрясенный войной мир и обращая его в рай, мы, братья Ордена, вместе с тем творчески призывали в настоящее, и былое, и будущее, и вымышленное.

В Швабии, на Боденском озере, в Швейцарии — везде нам встречались люди, которые нас понимали или по меньшей мере были так или иначе благодарны нам за то, что существуем мы, наш Орден, что мы идем к земле Востока. Между трамваями и банками Цюриха мы вдруг видели Ноев ковчег, охраняемый древними собаками, имевшими одну и ту же кличку; по первозданным глубинам трезвого времени его отважно вел потомок Ноя и друг искусств Ганс К.*; в Винтертуре одним этажом ниже волшебного кабинета Штёклина мы оказывались в китайском храме, где под бронзовой Майей тлели благовонные палочки, а под приводящие все в содрогание звуки храмового гонга нежно играл на флейте черный король. У подножия Солнечной горы мы обнаружили Суон Мали, колонию короля Сиама; там мы, благодарные гости, воскурениями и возлияниями приносили жертвы каменным и железным буддам.

Одним из самых прекрасных был праздник в саду Бремгартен, тогда вокруг нас плотно замкнулся магический круг. Нас принимали хозяева замка Макс и Тилли, в зале с высокими сводами мы слушали, как Отмар играет Моцарта; мы гуляли по парку, населенному попугаями и другими говорящими животными; у источника слушали пение феи Армиды; а к милому лику Генриха фон Офтердингена склонял тяжелую главу с буйной шевелюрой звездочет Лонг. В саду кричали павлины, Людовик по-испански беседовал с Котом в сапогах, а Ганс Резом, потрясенный подсмотренной им игрой масок жизни, красочно живописал паломничество на могилу Карла Великого. То была триумфальная для нашего странствия пора: мы принесли с собой волшебную волну, и она смывала все; местные жители на коленях восславляли красоту; хозяин замка слагал стихи о наших вечерних подвигах; и, по-

* Здесь и ниже упоминаются друзья и знакомые Г. Гессе.

дойдя к стенам замка, ему внимали лесные животные; а в реке плавно и торжественно, поблескивая чешуей, скользили рыбы, и им подносили печенье и вино.

Вообще-то рассказать об этих самых лучших мгновениях можно только тому, кто сам был осенен их духом; в моей передаче они звучат жалко и, может быть, глупо; но всякий, переживший те праздничные дни в Бремгартене, подтвердит каждую подробность и дополнит их сотней еще более прекрасных. Навсегда останется у меня в памяти, как после восхода луны в вершинах деревьев мерцали хвосты павлинов, а на темном берегу между скалами нежным серебром сверкали всплывшие на поверхность русалки; под каштаном у колодца нес свою первую ночную вахту одинокий тонкий Дон Кихот; последние искры фейерверка над замковой башней мягко погружались в лунную ночь, а мой коллега Пабло* в венке из роз играл девушкам на персидской свирели. О, кто бы мог подумать, что наш волшебный круг так скоро будет разомкнут, что почти все мы — и я, и я! — снова примемся блуждать в немых пустынях упорядоченной действительности, как чиновники и приказчики, протрезвев после пиршества или воскресного пикника, снова впрягаются в деловые будни.

В те дни никто из нас и помыслить об этом не мог. В мою спальню в бремгартенской башне проник запах сирени, сквозь деревья послышался шум реки; через окно я выбрался в глубокую ночь и, опьяненный счастьем и тоской, пробрался мимо

---

* Персонаж романа Г. Гессе «Степной волк» (1927).

рыцаря-стража и уснувших бражников к берегу, к бурлящей воде, к белым светящимся русалкам, и они увлекли меня с собой вниз, в лунно-холодный хрустальный мир своей родины, где, неискупленные, словно во сне, играют коронами и золотыми цепями из своих сокровищниц. Мне показалось, что я провел в искрящейся глубине месяцы, но, когда вынырнул и, продрогший, поплыл обратно, из сада все еще звучала свирель Пабло, а луна еще стояла высоко в небе. Я увидел, как Лео играет с двумя белыми пуделями и его умное лицо мальчика светится радостью. Я отыскал Лонга, он сидел в роще с пергаментной книгой на коленях и писал в нее греческие и еврейские знаки: слова, из букв которых вылетали драконы и поднимались пестрые змеи. Он меня не видел, он увлеченно выводил что-то своими пестрыми змеиными письменами; долго я смотрел через его склоненное плечо в книгу и следил за тем, как из строк выползают змеи и драконы и, извиваясь, беззвучно теряются в ночных зарослях кустарника.

— Лонг, — тихо сказал я, — друг мой!

Он меня не слышал, мой мир был далек от него, он был погружен в свой собственный. А поодаль, под лунными деревьями, с ирисом в руке бродил Ансельм и потерянно, с улыбкой смотрел в сиреневую чашечку цветка.

В те дни в Бремгартене мне снова, поразив странностью и болью, бросилось в глаза уже не раз подмеченное мною во время нашего путешествия, о чем я, однако, глубоко не задумывался. Среди нас было много художников; много музыкантов, поэтов, живописцев; здесь были пылкий Клингзор и непоседливый Гуго Вольф*, немногословный Лаушер и блистательный Брентано**; но хотя эти художники, или, во всяком случае, некоторые из них, были очень живыми и приятными, все без исключения выдуманные ими персонажи были куда более живыми, красивыми, радостными, можно сказать, они были более настоящими и реальными, чем их творцы и поэты. Восхитительно невинный и жизнерадостный Пабло играл на свирели, а его создатель в поисках уединения бесплотной тенью бродил по берегу, полупрозрачный в свете луны. Маленький, юркий, как кобольд, захмелевший Гофман шнырял меж гостей и много говорил, но даже его образ, как и образы их всех, был каким-то полуреальным, неполным, не очень плотным, не очень настоящим, в то время как архивариус Линдхорст***, в шутку изображавший дракона, изрыгал жар и мощь, что тебе какой-нибудь автомобиль. Я спросил слугу Лео, почему художники иногда кажутся наполовину людьми, в то время как их образы видятся такими бесспорно живыми. Лео посмотрел на меня, удивившись вопросу, затем опустил пуделя, которого нес на руках, и сказал:

— С матерями тоже так. Родив ребенка, отдав ему свое молоко, свою красоту и силу, они ста-

---

* Австрийский композитор (1860–1903).

** Немецкий писатель-романтик К. Брентано (1778–1842).

*** Персонаж сказки Э.Т.А. Гофмана (1818–1891) «Золотой горшок» (1814).

новятся незаметными, и о них больше никто не спрашивает.

— Как грустно, — сказал я, не придав этому, однако, особого значения.

— Думаю, не более грустно, чем все остальное, — ответил Лео. — Впрочем, может, и грустно, но тем не менее прекрасно. Так хочет закон.

— Закон? — с любопытством спросил я. — Какой закон, Лео?

— Закон служения. То, что хочет жить долго, должно служить. То, что хочет властвовать, долго не живет.

— Тогда почему же столь многие стремятся к власти?

— Потому что они этого не знают. Лишь немногие рождены для власти; такие, получив ее, остаются радостными и здоровыми. Остальные же, выбившиеся во властители в результате утомительной возни, кончают в Нигде.

— В каком Нигде, Лео?

— Например, в санаториях.

Я не очень хорошо его понял, но слова остались у меня в памяти, а в сердце — чувство, что этот Лео знает все, что он, возможно, знает больше, чем все мы, по видимости, его господа.

2

О том, что заставило нашего верного Лео вдруг оставить нас в опасном ущелье Морбио Инфериоре, вероятно, каждый из участников этого незабываемого путешествия строил свои догадки; но только много позже, когда я начал смутно угадывать и распознавать истинное течение и глубокую взаимосвязь событий, мне стало ясно, что и это на первый взгляд несущественное, в действительности же огромной важности происшествие — исчезновение Лео, — никоим образом не являлось случайностью, а было звеном в той цепи преследований, посредством которых давнишний враг силился погубить наше предприятие. В то прохладное осеннее утро, когда мы обнаружили пропажу нашего слуги Лео и нигде не могли его найти, я, разумеется, был не единственным, кто впервые ощутил в сердце что-то вроде предчувствия беды и надвигающегося рока.

Но довольно, на тот момент дело обстояло следующим образом: пройдя отважным маршем пол-Европы и часть Средневековья, мы разбили лагерь в глубокой лощине между скал, в диком ущелье у итальянской границы и искали необъяснимым образом исчезнувшего слугу Лео; и чем дольше мы его искали, чем слабее по мере того, как день клонился к вечеру, становилась наша надежда найти его, тем больше у всех нас сжималось сердце от ощущения, что это не просто симпатичный человек, всеобщий любимец из наших прислужников не то стал жертвой несчастного случая, не то бежал, не то похищен врагами, но что это начало какого-то противоборства, предвестие бури, которая вот-вот разразится над нами. Целый день до глубоких сумерек мы бродили и искали Лео; мы излазили все ущелье; от этих усилий все утомились; в каждом из нас росло ощущение неудачи и тщеты; и было странно и жутко сознавать, как исчезнувший слуга с каждым часом становился все важнее, а наша утрата — все тяжелее. Всем нам, паломникам, и, без сомнения, слугам не просто было жаль этого милого, приятного и услужливого юношу, но чем более мы убеждались в утрате, тем более невосполнимой она нам представлялась: без Лео, без его красивого лица, без его добродушия и песен, без его воодушевления нашим великим предприятием казалось даже, что само это предприятие таинственным образом теряет свое значение. Во всяком случае, мне думалось так. За месяцы, минувшие с начала путешествия, несмотря на все напряжение и некоторые мелкие огорчения, я еще ни разу не переживал мгновений внутренней слабости, глубокого отчаяния; ни один удачливый полководец, ни одна ласточка в летящей к Египту стае не могла быть более уверена в своей цели, в своем предназначении, в правоте своего дела и стремления, чем я во время этого путешествия. Но теперь, в этом роковом месте, в блистании октябрьского золота и синевы, пока я весь день слушал перекличку и сигналы наших стражей, с нарастающим волнением ждал возвращения гонцов, поступления известий, чтобы всякий раз испытать разочарование и увидеть перед собой растерянные лица, теперь у меня в сердце впервые поселилось нечто подобное печали и отчаянию, и чем более усиливались во мне эти чувства, тем отчетливее я осознавал, что утрачиваю веру вовсе не только из-за исчезновения Лео; все теперь казалось ненадежным и обманчивым, все грозило потерять свою важность, свое значение: наше товарищество, наша вера, наша клятва, наше путешествие к земле Востока, вся наша жизнь.

И даже если я заблуждался, приписав эти чувства нам всем, даже если потом заблуждался относительно собственных ощущений, ошибочно связав с тем днем пережитое мною в реальности много позже, то все-таки странность с вещами Лео действительно имела место! Независимо ни от каких личных настроений в происходящем сквозило нечто небывалое, фантастическое и все более наводившее страх: еще в тот день в ущелье Морбио, еще во время наших усиленных поисков исчезнувшего то один, то другой из нас хватался чего-то важного, чего-то необходимого из имущества; никто не мог ничего найти; и выяснялось, что все пропавшее было у Лео, и хотя Лео, как и мы, имел с собой лишь обычный полотняный мешок, который носил за спиной, всего один мешок примерно из тридцати, что мы взяли с собой в путешествие, складывалось такое впечатление, что все по-настоящему важное находилось именно в нем, в этом исчезнувшем теперь мешке! И хотя в момент утраты придавать пропавшей вещи преувеличенную по сравнению с теми, что у нас под рукой, ценность — лишь известная человеческая слабость, и хотя отдельные предметы, потеря которых нас так ужаснула в ущелье Морбио, после либо отыскались, либо в конце концов оказались не такими уж необходимыми, несмотря на все это, к сожалению, нужно признать, что тогда нам пришлось с вполне оправданным беспокойством констатировать целый ряд крайне важных пропаж.

Весьма необычно и жутко было также следующее: пропавшие вещи — нашлись ли они потом или нет — по значимости выстроились в иерархический ряд, и мало-помалу в нашей поклаже отыскивались те из считавшихся потерянными, утрату которых мы, заблуждаясь, так тяжело переживали и относительно ценности которых так глубоко ошибались. Но пора наконец без недомолвок сказать о самом существенном и совершенно уж необъяснимом: к нашему стыду, в ходе дальнейшего путешествия выяснилось, что все исчезнувшие инструменты, ценности, карты, документы вовсе не были необходимы; казалось даже, будто каждый из нас напрягал тогда всю свою фантазию, внушая себе невосполнимость страшных потерь, будто каждый старался объявить пропавшим и оплакать самое для него важное: паспорт, визу, дорожную карту, кредитное письмо халифу, то, другое, третье. В конце концов, когда мы со временем поняли, что почитавшееся утраченным либо вообще не пропадало, либо оказывалось ненужным и вполне заменимым, выяснилось, что все же одна ценность — правда, это был невероятной важности, да просто основополагающий и действительно невосполнимый документ — в самом деле исчезла бесследно; однако мнения относительно того, был ли вообще среди наших вещей этот пропавший вместе со слугой документ, безнадежно разошлись. И если по поводу огромного его значения и невосполнимости потери царило полнейшее единодушие, лишь немногие (в их числе и я) осмеливались с уверенностью утверждать, что бумагу мы брали с собой в поход. Что-то такое, да, хранилось в мешке Лео, уверяли одни, но это был никакой не подлинник, а, разумеется, копия с него; другие готовы были поклясться, что никому и в голову бы не пришло брать в дорогу ни сам документ, ни его копию, что это самым смехотворным образом исказило бы весь смысл нашего путешествия. Последовали горячие споры, и выяснилось, что и о местонахождении подлинника (не важно, имели ли мы и, соответственно, потеряли ли копию или нет) царило множество совершенно противоречивых мнений. Документ, утверждали одни, передан на хранение правительству Кифхойзера*. Нет, говорили другие, он в урне с прахом нашего покойного Мастера. Ерунда, отвечали третьи, устав Ордена Мастер написал одному ему известным древнейшим идеографическим письмом, и он был сожжен вместе с его телом по его приказанию, да и вообще вопрос об оригинале устава не имеет смысла, поскольку после смерти Мастера ни один человек не смог бы его прочесть; но необходимо установить, где находятся четыре перевода (по мнению других, шесть) этого самого устава, выполненных еще при жизни Мастера и под его наблюдением. Существуют-де китайский, греческий, еврейский и латинский переводы, хранящиеся в четырех древних столицах. Высказывалось еще множество версий и предположений; некоторые упорно стояли

---

* Хребет в южной части Гарца, где, по преданию, до срока покоится прах Фридриха Барбароссы.

на своем; других быстро переубеждал то один, то другой аргумент противника, чтобы потом они так же скоро переменили и это мнение. Короче говоря, с тех пор в нашем сообществе уже не было уверенности и единства, хотя великая идея еще держала нас вместе.

Ах, как хорошо я помню те первые споры! Они были чем-то новым, неслыханным в нашем доселе едином Ордене. Они велись уважительно и вежливо, по крайней мере сначала, и не доходили ни до открытых столкновений, ни до личных оскорблений и упреков; на первых порах мы еще являли миру нерушимое братство. Я еще слышу голоса, вижу место нашего привала, где состоялся тот первый спор, между нашими необычно серьезными лицами время от времени падают золотые осенние листья: вот один опустился кому-то на колени, другой — кому-то на шляпу. Ах, я слушал и ощущал все большую подавленность, испуг и посреди всего этого разноречия сердцем был еще так тверд в своей вере и печально убежден в том, что в мешке Лео находился оригинал, подлинный древний устав Ордена, и что он исчез, пропал вместе с ним. Как ни удручала та вера, все-таки это была вера, прочная, она придавала стойкости. Правда, тогда я думал, что охотно сменил бы ее на другую, более обнадеживающую. Лишь позже, утратив и эту печальную веру и открывшись всевозможным суждениям, я понял, что она мне давала.

Но конечно, так рассказывать нельзя. Однако как же передать эту историю уникального путешествия, уникальной духовной общности, такой чудесно возвышенной и одухотворенной жизни? Будучи одним из последних, кто принадлежал к нашему товариществу, я очень хочу спасти хоть какие-то воспоминания о том великом деле; я кажусь себе уцелевшим старым слугой, кем-то вроде паладина Карла Великого, хранящим в памяти ряд блестящих подвигов и чудес, образ которых и воспоминания о которых уйдут вместе с ним, если ему не удастся словом или изображением, сказом или песнью хоть что-то оставить потомкам. Но каким же способом, с помощью какого художественного приема, как передать историю нашего путешествия на Восток? Не знаю. Уже это начало, эта попытка, предпринятая с самыми лучшими намерениями, завела меня в безбрежные и непостигаемые дали. Я хотел всего лишь записать то, что сохранилось у меня в памяти из целого и отдельных штрихов нашего путешествия на Восток; казалось, что может быть проще. И вот, не успев еще почти ничего рассказать, я застрял на одном-единственном небольшом эпизоде, о котором вообще сперва не думал, на исчезновении Лео, и вместо ткани держу в руках клубок из тысячи перепутанных, в узелках нитей; чтобы распутать и развязать их, потребовались бы сотни пальцев и много лет, даже если бы каждая отдельная ниточка, стоит к ней только притронуться и легонько потянуть, не оказывалась такой непрочной и не рвалась на глазах.

Думаю, что так же чувствует себя любой летописец, приступающий к описанию событий той или иной эпохи, всерьез желая правдиво их изложить.

Где же сердцевина событий, то общее, с чем все они связаны и что не дает им распасться? Чтобы можно было говорить хоть о какой-то связности, хоть какой-то причинности, чтобы вообще на земле можно было хоть что-то рассказать, летописец должен придумать субъект — героя, народ, идею, — чтобы то, что в действительности произошло в безымянности, случилось с этим придуманным субъектом.

Непросто уже связно и последовательно изложить действительно происшедшие и засвидетельствованные события, но мой случай много сложнее, так как, стоит мне вглядеться, все становится зыбким, ускользает и растворяется, как растворилось наше сообщество, самое сильное на свете. Нигде нет субъекта, сердцевины, точки, вокруг которой вращалось бы колесо.

Наше путешествие к земле Востока и лежащее в его основе сообщество, наш Орден, — самое важное, единственно важное, что было у меня в жизни, то, по сравнению с чем моя собственная персона абсолютно ничтожна. Я хочу записать и сохранить это самое важное или по крайней мере хотя бы малую его часть, но все превращается лишь в беспорядочное нагромождение образов, которые в чем-то отражаются; и это что-то — мое собственное «я»; и это «я», это зеркало, в любой точке, о чем бы я его ни спросил, оказывается ничем — плоской гладкой поверхностью стекла. Я откладываю перо с намерением и надеждой продолжить завтра или в другой день, но за этим намерением и надеждой, за всем моим безудержным стремлением рассказать нашу историю стоит смертельное отчаяние. Это то самое отчаяние, которое я познал во время поисков Лео в долине Морбио. Это отчаяние не только ставит вопрос: можно ли рассказать твою историю? Оно еще ставит вопрос: а действительно ли с тобой все это произошло? Мы помним примеры того, как даже солдаты мировой войны, у которых и в самом деле нет недостатка в фактах, в засвидетельствованных случаях, тоже порой испытывали такое отчаяние.

3

Написав все это, я снова и снова мысленно возвращался к своему намерению и пытался подступиться к его осуществлению. Решения я не нашел и все еще стою перед хаосом. Однако я дал себе слово не сдаваться, и в тот момент, когда я принял этот обет, меня будто солнечным лучом озарило счастливое воспоминание. Кстати, мне пришло в голову: ведь почти так же, почти точно так же, как сейчас, было у меня на душе и тогда, когда мы выступили в поход; ведь и тогда мы предпринимали нечто, по видимости, невозможное, и тогда мы, казалось, блуждали в потемках, не зная пути, не видя ни малейшего просвета, и все же сильнее любой действительности или вероятности в наших сердцах сияла вера в смысл и необходимость нашего подвига. Отголосок того чувства обдал мне сердце, как грозовой ливень, и на миг этой благотворной грозы все осветилось, все вдруг снова стало возможным.

Будь что будет: я решил исполнить свою волю. И даже если мне придется начинать свою историю, которую не выразить словами, с самого начала десять раз, сто раз и я все время буду падать в ту же самую пропасть, я все-таки начну ее в сотый раз; даже если мне не удастся соединить все образы в осмысленное целое, я как можно вернее сохраню каждый отдельный фрагмент. И в той мере, в какой это сегодня еще возможно, я не нарушу первую заповедь нашего великого времени: никогда ничего не рассчитывать, никогда не поддаваться доводам здравого смысла, веру же знать тверже, чем так называемую действительность.

Правда, должен признаться, одну попытку приблизиться к своей цели практическим и разумным способом я все же предпринял. Я навестил друга своей молодости; он живет здесь, в городе, и редактирует газету, его зовут Лукас*, он прошел мировую войну и написал об этом книгу, которая пользуется успехом. Лукас принял меня дружески, он был даже заметно рад увидеть бывшего школьного товарища. У нас с ним состоялось два продолжительных разговора.

Отбросив всяческие недомолвки, я попытался объяснить ему, о чем идет речь. Я прямо сказал, что был одним из участников того великого предприятия, о котором он должен был слышать, так называемого «путешествия к земле Востока», или похода Ордена, или бог знает как еще на-

* Прозвище писателя Мартина Ланга (1883–1955).

зывали тогда это великое дело. Ах да, улыбнулся он с беззлобной иронией, конечно же, он помнит тот поход, в кругу его друзей ту своеобразную эпоху — может быть, без должного уважения — было принято называть «крестовым походом детей». В его кругах это движение не принимали всерьез, его приравнивали к какому-то теософскому движению или к очередной попытке создания братства народов, в любом случае — лишь весьма удивлялись отдельным успехам нашего предприятия, с увлечением читая о смертельно опасном переходе Верхней Швабии, о триумфе в Бремгартене, о передаче тессинской деревни Монтаг и даже прикидывая, нельзя ли поставить движение на службу республиканской политике. Однако затем дело, судя по всему, заглохло, многие наставники отошли в сторону, устыдившись и не желая больше ничего вспоминать, новостей просачивалось все меньше и они все больше противоречили друг другу, в итоге все поместили ad acta* и забыли, как забыли не одно эксцентричное политическое, религиозное или художественное движение тех послевоенных лет. Тогда объявился не один пророк, возникло не одно тайное общество с мессианскими устремлениями и претензиями, и все они затем без следа ушли в небытие.

Хорошо, его позиция была ясна, это была позиция доброжелательного скепсиса. Так же, как Лукас, об Ордене и путешествии к земле Востока, вероятно, думали все, кто, хоть и слышал его историю, сам не принимал в нем участия. Я вовсе не ставил

---

* Здесь: под сукно *(лат.)*.

перед собой задачу обратить Лукаса в свою веру, но все же дал ему некоторую более точную информацию, например, что Орден наш появился никак не в послевоенные годы, что он, правда, не всегда приметно, но неразрывно связан со всем течением мировой истории, что некоторые фазы мировой войны тоже были не чем иным, как этапами истории нашего Ордена; далее, что Зороастр, Лао-цзы, Платон, Ксенофонт, Пифагор, Альберт Великий, Дон Кихот, Тристрам Шенди, Новалис, Бодлер были его основателями и братьями. На это он улыбнулся именно той улыбкой, которую я и ожидал.

— Ну, да ладно, — сказал я, — я пришел не для того, чтобы учить вас, а для того, чтобы у вас научиться. Мое неукротимое желание заключается вовсе не в том, чтобы написать историю Ордена (на это была бы не способна и целая армия вооруженных всем необходимым ученых), но в том, чтобы просто рассказать историю нашего путешествия. Однако мне не удается даже подступиться к ней. И дело не в моих литературных способностях, мне думается, ими я обладаю, хотя никаких амбициозных целей в данном случае не преследую. Нет, речь идет о другом: действительности, свидетелями которой стали я и мои товарищи, уже не существует, и хотя воспоминания о ней — самое ценное и самое живое из всего, что у меня есть, они кажутся мне такими далекими, такой неведомой фактуры, как будто дело происходило на других звездах в другие тысячелетия или как будто это мой горячечный бред.

— Но мне это прекрасно известно! — взволнованно воскликнул Лукас; только сейчас его заинтересовал наш разговор. — О, как хорошо мне это известно! Видите ли, точно так же случилось у меня с войной. Я считал, что всесторонне и глубоко знаю ее, меня просто разрывало от множества образов; лента на катушке с фильмом у меня в голове, казалось, была не меньше тысячи километров; но когда я уселся под крышей, на стул, за письменный стол, с пером в руке, то все выжженные деревни и леса, подземный гул, как во время землетрясения, пулеметный огонь, смешавшиеся в один клубок грязь и величие, страх и героизм, развороченные внутренности и мозги, смертный ужас и юмор висельников — все это вдруг оказалось от меня невообразимо далеким, будто во сне, не было связано ни с чем, уцепиться не за что. Вы знаете, что, несмотря на это, я все-таки написал свою книгу, сейчас ее читают и обсуждают. Но, видите ли, я не думаю, что и десять таких книг, каждая в десять крат лучше и ярче моей, могут дать самому благосклонному читателю хоть какое-то представление о войне, если он сам ее не пережил. А таких, кто ее пережил, не так уж и много. Из тех же, кто ее «прошел», далеко не все ее пережили. Но даже если они ее действительно пережили, то уже забыли. Возможно, после жажды событий в человеке сильнее всего жажда забвения.

Он умолк и глубоко задумался; его слова подтвердили мой собственный опыт и мысли. Через некоторое время я осторожно спросил его:

— Но как же вам все-таки удалось написать книгу?

Какое-то время он размышлял, возвращаясь из своих раздумий.

— Мне удалось это только потому, — сказал он, — что было необходимо. Я должен был либо написать книгу, либо впасть в отчаяние; это была единственная возможность спастись от небытия, хаоса, самоубийства. Вот под таким давлением была написана книга, она принесла мне чаемое спасение просто потому, что я ее написал, все равно — плохо ли, хорошо ли. Это первое, главное. И еще. Во время работы я не позволял себе ни одной секунды думать о каком-то другом читателе, кроме самого себя, или иногда, в крайнем случае, о близких фронтовых товарищах, и то я думал тогда не об уцелевших, но только о погибших. Во время работы над книгой я был болен, бредил или безумствовал в окружении трех-четырех мертвецов с раздробленными конечностями — так она появилась. — И вдруг он сказал — это было окончание нашего первого разговора: — Простите, я больше ничего не могу сказать. Нет, ни слова об этом, ни слова больше! Не могу, не хочу. До свидания!

И вытолкал меня за дверь.

Во время второй нашей встречи он снова был спокоен, холоден, на губах его снова играла та же легкая ироничная улыбка, и все же казалось, он всерьез отнесся к моему делу и хорошо его понял. Он дал мне кое-какие советы, которые мне даже немного помогли. А в конце этого второго — и последнего — разговора он вдруг обронил:

— Послушайте, вот вы все время возвращаетесь к сцене исчезновения слуги Лео. Мне это не нравится, но, кажется, для вас здесь камень преткновения. Да освободитесь вы, бросьте вы наконец этого Лео, ей-богу, прямо какая-то навязчивая идея. — Я хотел было возразить, что без таких идей не пишутся книги, но он, не дослушав, задал совершенно неожиданный вопрос, немало меня напугавший: — А его действительно звали Лео?

На лбу у меня выступил пот.

— Ну конечно, — сказал я. — Разумеется, его звали Лео.

— Это имя? Не фамилия?

Я замялся.

— Нет, имя его было... его звали... я не помню, забыл. Лео — его родовое имя, мы все звали его Лео.

Я еще продолжал говорить, а Лукас уже схватил со своего письменного стола какую-то толстую книгу и начал ее листать. Со сказочной быстротой он нашел нужное место и прижал палец к открытой странице. Это была адресная книга, и там, где замер его палец, значилась фамилия Лео.

— Смотрите-ка, — рассмеялся он, — один Лео уже есть. Лео, Андреас, улица Зайлерграбен, 69а. Фамилия редкая, может, этот и знает что-нибудь про вашего Лео. Сходите к нему, вдруг он скажет то, что вам нужно. Я вам этого сказать не могу. У меня мало времени. Простите, был очень рад.

Я закрыл за собой дверь, от ошеломления и возбуждения меня шатало. Он прав, у него мне больше нечего было искать.

В тот же день я отправился на Зайлерграбен, нашел дом и поинтересовался господином Андреасом Лео. Он занимал комнату на четвертом этаже, по вечерам и воскресеньям иногда бывал дома, а днем ходил на работу. Я спросил, чем он занимается. Мне сказали, что постоянной работы он не имеет, делает маникюр, педикюр, массаж, изготовляет также целебные мази и травяные сборы; в трудные времена, когда мало работы, иногда дрессирует и стрижет собак. Я ушел, решив, что мне незачем ходить к этому человеку и уж точно не стоит посвящать его в свои замыслы. Но мне было крайне любопытно на него взглянуть. Поэтому в последующие дни во время частых прогулок я наблюдал за домом и сегодня пойду туда, так как до сих пор мне не удалось увидеть Андреаса Лео в лицо.

Ах, вся эта история доводит меня до отчаяния, но при этом так радует или по меньшей мере возбуждает, увлекает, она делает из меня — меня, мою жизнь снова делает важной, а этого так не хватало.

Возможно, и правы те психологи — практики и теоретики, — которые объясняют все человеческие поступки эгоистическими инстинктами. Я, правда, никак не могу взять в толк, почему человек, все свое время отдающий служению делу, пренебрегающий удовольствиями и благосостоянием и во имя чего-то жертвующий собой, и впрямь делает то же самое, что человек, торгующий рабами или оружием, а доходы спускающий на беззаботную жизнь; но, несомненно, случись у меня с кем-либо из этих психологов перепалка, меня бы тут же обошли и я бы проиграл, ибо психологи — это такие люди, которые выигрывают всегда. Но допустим, они правы. Тогда все, что я считал прекрасным и ради чего приносил жертвы, было лишь моей эгоистической желанной целью. Правда, что касается моего намерения написать историю нашего путешествия к земле Востока, то тут я действительно с каждым днем все отчетливее вижу эгоизм: сначала мне казалось, что я приступаю к тяжелому труду, призванному послужить благородному делу, однако теперь все яснее понимаю, что, берясь за описание путешествия, я стремился к тому же самому, что и господин Лукас, садясь за свою военную книгу: а именно — спасти себе жизнь, снова придать ей смысл.

Но если бы я видел путь! Если бы продвинулся хоть на шаг вперед!

— Да бросьте вы этого Лео, освободитесь от Лео, — сказал мне Лукас.

С таким же успехом я мог бы бросить и свою голову или желудок, освободиться и от них!

Боже милостивый, помоги мне хоть немного.

4

И вот опять все изменилось; пока не знаю, на пользу это моему делу или нет, но я пережил нечто, со мной случилось нечто, чего я никак не ожидал... или нет, разве я все-таки не ждал этого, не надеялся и в равной степени не страшился? Конечно. И все же это так чудесно и так невероятно.

Я много — двадцать, а то и больше — раз, подгадывая время, проходил по Зайлерграбен, замедляя шаг возле дома 69а, причем чем дальше, тем все чаще думал: «Вот сейчас попробую еще раз и, если ничего не выйдет, больше не приду». И все-таки приходил. И позавчера вечером мое желание исполнилось. О, и как исполнилось!

Приблизившись к дому, в серо-зеленой штукатурке которого я уже знал каждую трещину и щелочку, в одном из верхних окон я услышал мелодию то ли романса, то ли танца, то ли уличной песенки. Я еще ничего не понимал, но прислушался; звуки всколыхнули во мне какое-то воспоминание. Кто-то насвистывал самый незамысловатый мотив, однако выводил при этом такие легкие и чарующие рулады, удивительно нежные, невероятно чистые, что слушать их было приятно и естественно, как птичье пение. Я стоял и вслушивался, околдованный и вместе с тем странным образом смущенный, хотя и без единой мысли. А если мысли все же мелькали, то, скорее всего, о том, что человек, умеющий так свистеть, должен быть очень счастливым и очень милым. Несколько минут я как вкопанный стоял на улице и слушал. Мимо меня прошел старик с оползшим больным лицом; увидев меня, он тоже ненадолго остановился, прислушался и двинулся дальше, понимающе улыбнувшись; его прекрасный дальнозоркий взгляд, казалось, говорил: «Ну, постой, постой, милый, такое услышишь не каждый день». Взгляд старика прояснил мое сознание; мне стало жаль, что он ушел. Но в следующее же мгновение до меня вдруг дошло, что этот свист является исполнением всех моих желаний, что свистит Лео.

Уже смеркалось, но свет в окнах еще не зажигали. Мелодия с ее наивными вариациями закончилась, все стихло. «Сейчас он включит свет», — подумал я, однако везде по-прежнему было темно. Я услышал, как наверху открылась дверь; вскоре на лестнице раздались шаги, входная дверь мягко отворилась, и вышел человек; его походка была того же рода, что и прежде свист: легкая, игривая, но подтянутая, здоровая, молодая. Человек был невысок, но очень строен, с обнаженной головой, и мое чувство безошибочно угадало: это Лео, не Лео из адресной книги, а сам Лео, мой дорогой товарищ по путешествию, слуга Лео, исчезновение которого тогда, десять или даже больше лет назад, повергло нас в такое уныние и смятение. В первый миг радости и изумления я чуть было не окликнул его. Теперь, только теперь я вспомнил, что и тогда, во время путешествия к земле Востока, однажды слышал, как он свистит. Нынешний свист был из того времени, и все же он показался мне совсем другим! У меня сжалось сердце: о, сколь многое стало с тех пор другим — небо, воздух, времена года, мечты, сон, день, ночь! Как сильно, как ужасно все изменилось для меня, когда я услышал этот свист, ритм знакомых шагов; благодаря им я вспомнил утраченное былое, и оно проникло в меня невероятным блаженством и болью!

Он прошел мимо меня, плавно и бодро неся свою обнаженную голову на обнаженной шее, выступавшей из расстегнутого ворота голубой рубашки; в тонких сандалиях или спортивных туфлях он словно летел, красиво и радостно, почти неслышно, вниз по вечерней улице. Я пошел за ним — без какого-либо намерения. Неужели я мог не пойти за ним! Он спустился по улице, и хоть его походка была легка, непринужденна, юна, было в ней что-то вкрадчивое, в тон сумеркам, он был дружен и слит с этим часом, с приглушенным городским шумом, с неярким светом первых, только что зажегшихся фонарей.

Лео свернул в низкие ворота Святого Павла и исчез между высокими шарообразными кустами; чтобы не потерять его из виду, мне пришлось ускорить шаг. И вот я снова увидел его, он медленно брел под кустами сирени и акаций. Дорога двумя изгибами змеилась между деревьев, возле газона стояло несколько скамеек. Здесь, в роще, было уже совсем темно. Лео прошел мимо первой скамейки, где сидела влюбленная пара; следующая была свободна, он сел на нее, откинулся, поднял голову и какое-то время смотрел на листья и облака. Затем достал из кармана сюртука маленькую круглую коробочку из белого металла, поставил рядом с собой на скамейку, отвинтил крышку и начал что-то медленно из нее доставать, класть в рот и с видимым удовольствием, неторопливо прожевывая, проглатывать. До сих пор я слонялся перед рощей; теперь же подошел к его скамейке и сел на соседнюю. Он поднял взгляд, посмотрел на меня светло-серыми глазами и продолжил жевать. Это были сушеные фрукты: сливы и половинки абрикосов. Он брал их двумя пальцами, пробуя, немного сдавливал и только потом отправлял в рот. Прошло довольно много времени, прежде чем он достал и съел последнюю сливу. Затем он закрыл и убрал коробочку, откинулся назад и вытянул ноги; теперь я мог видеть, что у его матерчатых туфель веревочные подошвы.

— Сегодня ночью будет дождь, — вдруг сказал он; я не понял, обращается ли он ко мне или говорит сам с собой.

— Вполне возможно, — несколько смущенно отозвался я, поскольку, хоть до сих пор по внешнему виду и походке он меня не узнал, все-таки было возможно — более того, я почти с уверенностью ожидал этого, — что он узнает меня сейчас по голосу.

Но нет, он не узнал меня и по голосу, и, хотя это отвечало моему изначальному желанию, я испытал глубокое разочарование. Он меня не узнал. Если сам он спустя эти десять лет остался таким же и, кажется, ничуть не постарел, со мной дело обстояло иначе, печально иначе.

— Вы прекрасно свистите, — сказал я, — я только что слышал, на Зайлерграбен. Мне очень понравилось. Я, кстати, был музыкантом.

— Музыкантом? — любезно переспросил он. — Прекрасная профессия. Так вы ее бросили?

— Да, временно. Я даже продал свою скрипку.

— Вот как? Жаль. Вы в стесненных обстоятельствах? Я хочу сказать — вы голодны? У меня дома есть кой-какая еда, а в кармане несколько марок.

— Ах нет, — поспешил ответить я, — я не это имел в виду. У меня все в порядке, у меня всего больше, чем нужно. Но большое спасибо, ваше предложение очень любезно. Не так уж часто встретишь любезных людей.

— Вы полагаете? Что ж, возможно. Люди разные, часто довольно странные. Вы тоже странный.

— Я? Почему же?

— Ну, потому что у вас достаточно денег и тем не менее вы продали свою скрипку. Музыка перестала вас радовать?

— Увы, да. Но иногда, знаете ли, случается, что человек больше не получает радости от того, что раньше любил. Случается, что музыкант продает скрипку или швыряет ее о стену или что художник в один прекрасный день сжигает свои картины. Вы никогда не слышали ничего подобного?

— Как же, слыхал. Это от отчаяния. Я знал двоих, которые покончили жизнь самоубийством. Бывают глупые люди, их можно пожалеть. Некоторым и помочь-то ничем нельзя. Но чем же вы сейчас занимаетесь, если у вас больше нет скрипки?

— Ах, то одно, то другое. Вообще я немного работаю, я ведь уже не молод, к тому же часто болею. А почему вы все поминаете эту скрипку? Это ведь не важно.

— Скрипку? А я вспомнил царя Давида.

— Что? Царя Давида? А он-то тут при чем?

— А он тоже был музыкантом. Совсем молодым он играл для царя Саула и иногда музыкой отгонял его гнев и плохое настроение. А потом сам стал царем, великим, усталым от забот царем, тоже со всякими настроениями и заботами. Носил корону, вел войны и все такое прочее, совершил и пару серьезных гнусностей, стал очень знаменит. Но когда я думаю о нем, то самое прекрасное — это юный Давид со своей арфой, как он играл бедному Саулу, и мне жаль, что он потом стал царем. Музыкантом он был намного счастливее и красивее.

— Ну конечно! — взволнованно воскликнул я. — Конечно, он был тогда и моложе, и красивее, и счастливее. Но человек не вечно молод, и ваш Давид со временем сделался бы старым, некрасивым и усталым, даже если бы остался музыкантом. Зато он стал великим Давидом, совершил подвиги и написал псалмы. Жизнь — это не просто игра!

При этих словах Лео поднялся и поклонился.

— Уже ночь, — сказал он, — скоро пойдет дождь. Я не очень хорошо помню подвиги, совершенные Давидом, и были ли они такими уж великими. Честно говоря, и его псалмы я не очень хорошо помню. Ничего против них не имею. Но то, что жизнь — не игра, не докажет мне ни один Давид. Жизнь именно игра, если она красива и счастлива. Конечно, из нее можно сделать все, что угодно — долг, войну, тюрьму, но от этого она не станет красивее. До свидания, был очень рад.

Он пошел своей легкой, невозмутимой, доброжелательной походкой, этот странный дорогой человек, и уже готов был исчезнуть, как вдруг отказала вся моя выдержка и самообладание. В отчаянии, с мольбой в сердце, я закричал ему вслед:

— Лео! Лео! Ведь вы Лео. Неужели вы меня не узнаете? Ведь мы были братьями Ордена и должны остаться ими навсегда. Ведь мы оба шли к земле Востока. Неужели вы действительно забыли меня, Лео? Неужели вы действительно не помните Хранителей короны, Клингзора, Златоуста, праздник в Бремгартене, ущелье Морбио Инфериоре? Лео, сжальтесь!

Он не убежал, чего я боялся, но и не обернулся; он спокойно шел дальше, словно ничего не слышал, однако дал мне время догнать его и, казалось, не возражал против моего общества.

— Вы так подавлены и так торопитесь, — утешая, сказал он. — Это нехорошо. Это искажает черты лица, от этого заболевают. Давайте пойдем помедленнее, это успокаивает. И легкий дождик — чудесно, не правда ли? Он падает с неба как кёльнская вода.

— Лео, — умолял я, — пожалейте! Скажите же хоть слово: вы помните меня?

— Ну вот, — утешая, продолжал он, словно говорил с больным или пьяным, — опять. Одно расстройство! Вы спрашиваете, знаю ли я вас. Да кто же знает другого или даже самого себя? А я, видите ли, я вовсе не знаток людей. Это меня не интересует. Вот собаки — да, их я знаю хорошо, еще птиц, кошек. Но вас я действительно не знаю, сударь.

— Но ведь вы состоите в Ордене? Ведь вы были тогда в путешествии?

— Я всегда путешествую, сударь, и всегда состою в ордене. Люди приходят и уходят, люди знают друг друга и не знают друг друга. С собаками много проще. Погодите, постойте-ка!

Как бы призывая меня прислушаться, он поднял палец. Мы стояли на ночной Гартенштрассе, которая все больше покрывалась моросящей влагой. Лео вытянул губы и издал долгий, тихий, заливистый свист, немного подождал, свистнул еще раз, и я слегка вздрогнул, когда из-за кустов, за забором, возле которого мы стояли, на нас вдруг выпрыгнул огромный волкодав и, радостно поскуливая, прижался к решетке, чтобы Лео, просунув пальцы между перекладинами и проволокой, погладил его. Глаза сильного зверя мерцали светло-зеленым светом; каждый раз, взглядывая на меня, он утробно рычал, едва слышно, и это рычание напоминало отдаленный гром.

— Волкодав Неккер, — представил Лео, — мы добрые друзья. А это бывший скрипач, не смей его трогать, даже лаять.

Мы стояли, и Лео сквозь решетку нежно поглаживал влажную шерсть пса. Вообще-то это была славная сцена; вообще-то мне очень понравилось, что он так дружен со зверем и что ночная встреча доставляет ему радость; но в то же время я казался себе таким жалким, мне было почти непереносимо, что Лео в таких близких, дружеских отношениях с волкодавом и, вероятно, еще со многими, возможно, со всеми местными собаками, а меня от него отделяет целый мир. Дружбой и доверием, которых я униженно просил у него, похоже, пользовался не только пес Неккер, но и каждая живая тварь, каждая дождевая капля, каждый клочок земли, куда ступала нога Лео; похоже, он неустанно заботился о том, чтобы не прерывать этих ровных, плавных отношений и не нарушать своего единства с окружающим, старался все знать, чтобы его все знали и любили, — и только ко мне, который так его любил и так в нем нуждался, его путь не вел; только меня одного он отвергал, смотрел на меня издалека и холодно, не впускал в сердце, вычеркнул из памяти.

Мы медленно пошли дальше, волкодав по ту сторону забора проводил его тихим приятным урчанием, выражавшим симпатию и дружбу, не забыв, однако, и о моем обременительном присутствии, так как еще не раз в угоду Лео подавил в гортани оборонительный враждебный рык.

— Простите меня, — снова начал я, — я пристал к вам и отнимаю у вас время, а вы, разумеется, хотите домой, в постель.

— О, почему же? — улыбнулся он. — Ничего не имею против пробродить вот так всю ночь, у меня есть и время, и желание, если, конечно, вам это по силам.

Он говорил просто, очень любезно и, несомненно, без всякой задней мысли. Но едва он произнес эти слова, я вдруг почувствовал в голове и глубоко во всем теле страшную усталость, почувствовал, с каким трудом мне дается каждый шаг бесцельной и такой постыдной для меня ночной прогулки.

— Верно, — обреченно сказал я, — я очень устал и только сейчас это заметил. Кроме того, нет никакого смысла бродить вот так под дождем всю ночь, докучая другим.

— Как вам будет угодно, — учтиво ответил он.

— Ах, господин Лео, тогда, во время путешествия Ордена к земле Востока, вы говорили со мной иначе. Неужели вы действительно все забыли?.. Ну, да что толку, не смею вас задерживать. Спокойной ночи.

Он быстро исчез в хмурой ночи, я остался один, совершенно раздавленный, я проиграл эту игру. Он меня не знал, не хотел знать, он смеялся надо мной.

Я пошел обратно, из-за забора яростно залаял пес Неккер. В теплой влажной летней ночи я замерзал от усталости, печали и одиночества.

Я и прежде знавал подобные мгновения. Однако раньше в минуты отчаяния мне казалось, будто я, заблудившийся паломник, дошел до края земли и остается только пойти по зову последней тоски: с края земли броситься в пустоту, в смерть. Со временем, хоть отчаяние нередко и возвращалось, мощная тяга к самоубийству преобразилась и почти угасла. В «смерти» больше не было ни небытия, ни пустоты, ни отрицания. И многое другое стало другим. К часам отчаяния я относился теперь так, как относятся к сильной физической боли: ее терпят, с жалобами или упорством, человек чувствует, как она набухает и разрастается, и испытывает порой жгучее, порой насмешливое любопытство: как долго это еще может продолжаться, до какой степени еще может усилиться боль?

Вся горечь моей обманутой жизни, которая после одинокого возвращения из неудавшегося путешествия к земле Востока становилась все более пустой и унылой, все неверие в самого себя и свои способности, вся завистливо-покаянная тоска по добрым великим временам, которые я когда-то пережил, росли во мне, как боль, росли высоко, как дерево, как гора, растягивались и увязывались с моей нынешней задачей, с моей начатой историей путешествия к земле Востока и Ордена. Сейчас эта задача даже не казалась мне достойной усилий или важной. Важной для меня была только одна надежда: благодаря работе, благодаря служению памяти о том высоком времени несколько очиститься и освободиться, снова обрести связь с Орденом и всем пережитым.

Дома я зажег свет; не сняв шляпы, прямо в мокрой одежде сел за письменный стол и написал письмо — десять, двенадцать, двадцать страниц жалоб, раскаяния, мольбы Лео. Я описывал ему свое бедственное положение, я заклинал его образами совместно пережитого, совместной минувшей радости, я жаловался ему на бесконечные, дьявольские трудности, из-за которых стопорится мое предприятие. Минутная усталость прошла, я сидел, как в огне, и писал. Несмотря на все трудности, писал я, лучше мне подвергнуться самой страшной участи, нежели выдать хотя бы одну из тайн Ордена. И несмотря ни на что, я не отступлюсь и завершу свой труд в память о путешествии к земле Востока, во славу Ордена. Как в горячке исписывал я страницу за страницей торопливыми буквами, не думая, не веря; жалобы, обвинения, самообвинения лились из меня, как вода из разбитого кувшина, без надежды на ответ, из одной лишь потребности выговориться. Той же ночью я отнес сумбурное, толстое письмо к ближайшему почтовому ящику. И только тогда — было уже почти утро — наконец выключил свет, прошел в маленькую, служившую мне спальней мансарду возле гостиной, лег в постель и тут же уснул очень тяжелым и долгим сном.

5

На следующий день, когда я, несколько раз проснувшись и снова заснув, с головной болью, но отдохнувший, пришел в себя, то, к моему бесконечному изумлению, а также смущению, обнаружил у себя в гостиной Лео. Он сидел на краешке стула и, казалось, ждал уже долго.

— Лео, — воскликнул я, — вы пришли?

— Меня к вам послали, — сказал он. — Орден. Вы ведь для этого написали мне письмо? Я передал его Высшим. Вас ожидает Высокое Собрание. Пойдемте?

Ошеломленный, я торопливо надел ботинки. На неубранном письменном столе с ночи царил беспорядок; сейчас я почти не помнил, что в таком страхе и с таким рвением писал всего несколько часов назад. И все-таки, кажется, это было не совсем бесполезно. Кое-что все-таки произошло — пришел Лео.

Вдруг, только сейчас, до меня дошел смысл его слов. Так, значит, Орден, о котором мне ничего не было известно, еще существует, и существует без меня, не считая меня больше своим членом! Существует и Орден, и Высокое Собрание, существуют Высшие, и они послали за мной! От этого известия меня бросало то в жар, то в холод. Я жил в этом городе месяцы, годы, был занят своими записками об Ордене и нашем странствии и не знал, сохранилось ли от Ордена хоть что-то, считал себя, быть может, единственным, кто от него остался; честно говоря, порой я даже не был уверен, существовал ли когда-нибудь Орден и в самом ли деле я к нему принадлежал. Но Лео пришел за мной, его послал Орден. Обо мне вспомнили, меня позвали, меня хотели выслушать, возможно, привлечь к ответу. Ну что ж, я готов. Я готов доказать, что не нарушил верность Ордену, готов подчиниться. Хотели ли Высшие покарать меня или простить, я заранее готов был принять все, во всем с ними согласиться и покориться им.

Мы отправились в путь. Лео прошел вперед, и снова, как много лет назад, я, глядя на него и его походку, дивился, какой же он превосходный, какой безупречный слуга. Плавно и терпеливо двигался он по улицам, чуть впереди, указывая мне путь, воплощенный руководитель, воплощенный слуга своему делу, воплощенная функция. И все же он подверг мое терпение немалому испытанию. Меня призвал Орден, Высокое Собрание ждет, все поставлено для меня на карту, сейчас решится моя будущность, мое прошлое обретет смысл или полностью утратит его — я дрожал от ожидания, от радости, от страха, от удушающей робости. И потому дорога, которой повел меня Лео, показалась моему нетерпению невыносимо долгой: больше двух часов мне пришлось идти следом за провожатым какими-то невероятными и прихотливыми, как мне думалось, обходными путями. Два раза Лео заставил меня томиться ожиданием перед церквями, в которые заходил помолиться; на время, показавшееся мне бесконечным, он впадал в созерцание и погружался в себя; перед старой ратушей он рассказал мне о том, что ее в пятнадцатом веке основал знаменитый член Ордена; и как бы старательно, внимательно и целеустремленно он ни шел, у меня все же голова шла кругом от обходов, крюков и зигзагов, приближавших его к цели. Дорогу, занявшую у нас всю первую половину дня, обратно можно было пройти за какие-нибудь четверть часа.

Наконец он завел меня на сонную окраинную улицу, в очень большой тихий дом, снаружи похожий на длинное административное здание или музей. Сначала нигде не было видно ни одного человека, коридоры и лестницы были пусты, в них гулко отдавались наши шаги. Лео заглядывал в проходы, на лестницы, в передние. Один раз он осторожно приоткрыл какую-то дверь, в щель я разглядел забитую холстами и подрамниками художественную мастерскую, перед мольбертом, в пристегивающихся рукавах, стоял художник Клингзор — о, сколько лет я не видел его любимого лица! Но я не осмелился поздороваться с ним; время для этого еще не настало; меня ждали, меня вызвали. Клингзор не обратил на нас особенного внимания; он кивнул Лео, меня же не увидел или не узнал и дружеским, но решительным жестом дал нам понять, чтобы мы ушли и не мешали ему работать.

В конце концов мы поднялись на самый верх бесконечного здания, на чердак, где пахло бумагой и картоном, а вдоль стен на сотни метров вытянулись дверцы шкафов, книжные корешки и связки папок: гигантский архив, мощная канцелярия. Никто не обращал на нас никакого внимания, все беззвучно занимались своим делом; у меня было такое ощущение, что отсюда управляют всем миром вместе с его звездным небом, по крайней мере все регистрируют и охраняют. Долго стояли мы и ждали, вокруг нас бесшумно сновало множество архивных и библиотечных служащих с каталожными карточками и номерами в руках, они приставляли к шкафам лестницы и поднимались по ступеням; плавно и тихо двигались лифты и маленькие тележки. И тут Лео запел. С волнением слушал я эти звуки — мелодию одного из гимнов Ордена, — когда-то они были так хорошо мне знакомы.

Едва зазвучал гимн, все пришло в движение. Служащие отдалились, стены отступили в сумеречную даль, люди в глубине, маленькие и нереальные, копошились теперь в бескрайнем архивном ландшафте, но передний план расширился и опустел, зал торжественно вытянулся, посередине в строгом порядке выстроились кресла, и кто сзади, кто из дверей, которых в помещении было множество, появились Высшие, они неторопливо подходили к креслам и постепенно занимали места, один за другим ряды кресел медленно заполнялись, они плавно поднимались, их венчал высокий трон; он еще пустовал. Наконец торжественный синедрион заполнился доверху. Лео посмотрел на меня, взглядом призывая к терпению, молчанию и трепетному почтению, и как-то незаметно исчез, затерялся среди людей; как ни старался, я его больше не видел. Но среди Высших, собравшихся на заседание, я заметил знакомые лица, серьезные и улыбающиеся, увидел Альберта Великого, перевозчика Васудеву*, художника Клингзора и других.

Наконец стало тихо, и вперед выступил секретарь. Один, маленький, стоял я перед Высоким Собранием, готовый ко всему, исполненный глубокого страха, но и глубокого согласия со всем тем, что здесь сейчас произойдет и решится.

В зале раздался ясный и спокойный голос секретаря.

— Самообвинение бежавшего брата Ордена, — объявил он.

У меня задрожали колени. Речь шла о жизни и смерти. Но это хорошо. Все должно прийти в свой порядок. Секретарь продолжал:

— Вас зовут Г. Г.? Участвовали ли вы в переходе Верхней Швабии, в празднике в Бремгартене? И после Морбио Инфериоре позорно бежали? Признаете ли вы, что хотели написать историю путешествия к земле Востока? Считаете ли вы, что вам в этом начинании препятствует обет молчания о тайнах Ордена?

На каждый его вопрос я отвечал «да», даже на те, что были для меня непонятны и чудовищны.

---

* Персонаж повести Г. Гессе «Сиддхартха».

Высшие шепотом и жестами посовещались, затем снова вышел секретарь и объявил:

— Настоящим самообвинитель уполномочивается предавать гласности все известные ему законы и тайны Ордена. Кроме того, в его распоряжение для работы предоставляется весь архив Ордена.

Секретарь ушел, Высшие разошлись и снова медленно потерялись, кто в глубине помещения, кто в дверях; в жутковатом зале стало совсем тихо. Я испуганно осмотрелся и увидел, что на одном из столов лежат листы бумаги, показавшиеся мне знакомыми; коснувшись их, я узнал свою работу, мое несчастное детище, мою начатую рукопись. «История путешествия к земле Востока, записанная Г. Г.» — значилось на голубом конверте. Я набросился на нее, торопливо, горя желанием приняться за работу, проникнувшись чувством, что получил наконец высшую санкцию на право закончить труд, даже поддержку, перечитал скудные, исписанные убористым почерком страницы со множеством зачеркнутых слов и исправлений. При мысли о том, что меня больше не связывает никакой обет, что я могу распоряжаться архивом, этой неисчерпаемой сокровищницей, задача моя показалась мне величественнее и почетнее, чем когда бы то ни было.

Однако чем дальше я читал свою рукопись, тем меньше она мне нравилась; до сих пор даже в часы отчаяния она не представлялась мне столь бесполезной и нелепой. Все выглядело теперь сумбурным и бестолковым, самые ясные связи были искажены, очевидное отсутствовало вовсе: сплошное нагромождение второстепенных и ненужных подробностей! Необходимо начать с самого начала. Читая рукопись, я вычеркивал фразу за фразой; и по мере того как я их вычеркивал, они крошились на бумаге; четкие остроконечные буквы рассыпались в причудливые фрагменты образов, складывались в точки и палочки, в круги, звездочки и цветочки, и страницы, став похожими на обои, покрылись глуповато-приятным орнаментом. Скоро от моего текста не осталось ничего, но зато появилось много чистой бумаги для работы. Я взял себя в руки. Я говорил себе: разумеется, прежде гладкое и ясное изложение было мне не под силу, ведь меня окружали тайны, раскрывать которые запрещал обет, данный Ордену. Я, конечно, искал способ избегнуть объективного изложения и намеревался, не принимая во внимание высокие взаимосвязи, цели и стремления, ограничиться лишь тем, что пережил лично. Но я уже видел, к чему это привело. Теперь же я был не связан более обязательством молчать, вообще никакими ограничениями, и мне открылся неисчерпаемый архив.

Было ясно: даже если бы моя предыдущая работа не превратилась в орнамент, мне пришлось бы начать все сначала, заново все обосновать, заново все выстроить. Я решил открыть свой труд краткой историей Ордена, его основанием и уставом. Километровые, бесконечные, гигантские каталоги с карточками на всех столах, теряющихся в дали и сумерках, дадут мне ответ на любой вопрос.

Для начала я решил отыскать в архиве несколько справок, мне нужно было научиться работать с этим чудовищным аппаратом. И конечно, прежде всего устремился на поиски устава Ордена.

«Устав Ордена», значилось на каталожной карточке, «смотри раздел Хризостом, цикл V, строфа 39, 8». Все верно, я без всякого труда нашел раздел, цикл, строфу; архив был замечательно систематизирован. И вот у меня в руках устав Ордена! К тому, что я не смогу его прочесть, я был готов. Я и в самом деле не мог его прочитать. Мне показалось, он написан греческими буквами; греческий я немного знал; но частично это было старинное, незнакомое письмо, буквы которого, несмотря на кажущуюся четкость, в основном были мне непонятны, частично текст как будто был составлен на диалекте или тайном языке посвященных; я разбирал лишь отдельные слова, и то словно по наитию, по созвучию и аналогии. Но меня это не обескуражило. Хоть устав и не читался, его буквы оживили в моей памяти ясные образы того времени, а именно — я снова увидел, четко, до осязаемости, как мой друг Лонг в ночном саду пишет греческие и еврейские буквы, и буквы эти птицами, драконами и змеями теряются в ночи.

Листая каталог, я содрогался, пытаясь представить себе объем всего того, что здесь хранилось. Я натыкался на дорогие слова, знакомые имена. Вздрогнув, увидел и свое собственное имя, но не осмелился справиться о нем в архиве — кто бы вынес приговор всезнающего суда над самим собой? Зато я нашел, например, имя художника Пауля Клее, которого знал по путешествию и который был дружен с Клингзором. Я разыскал его номер в архиве. Там я увидел пластину покрытого эмалью золота, судя по всему, очень древнюю, на ней был нарисован или выгравирован клевер*, из трех его лепестков один изображал голубой кораблик с парусом, второй — рыбу с пестрой чешуей, третий же выглядел как бланк телеграммы, на котором было написано:

Как снег — белый,
Так Пауль — Клее.

С ностальгической радостью я прочитал и про Клингзора, Лонга, Макса и Тилли, не смог я противиться и желанию поподробнее узнать о Лео. На карточке Лео стояло:

Cave!
Archiepisc. XIX. Diacon. D.** VII.
Cornu Ammon.***6
Cave!

Двукратное предупреждение «Cave» озадачило меня. Не попытаться проникнуть в эту тайну я не мог. Однако с каждой попыткой я все больше понимал, какие бездны материала, знаний, магических заклинаний содержит архив. Он содержал, так мне казалось, просто весь мир.

После пробежек (успешных или обескураживающих) по многим сферам знаний я неоднократно со все усиливающимся любопытством возвращался

* Klee — клевер *(нем.)*.
** Берегись! Архиеписк [оп] XIX. Диакон Б [ожий] *(лат.)*.
*** Рог Аммона *(лат.)*.

к каталожной карточке «Лео». И всякий раз двойное «Cave» отпугивало меня. Зато, когда я рылся в другом ящике, мне попалось слово «Фатима» с пометкой:

princ. orient. 2
noct. mill. 983
hort. delic.* 07

Я поискал и нашел это место в архиве. Там лежал крошечный медальон с крышкой и в нем — миниатюрный портрет, мгновенно напомнивший мне все тысяча и одну ночь, все сказки моей юности, все мечты и желания того великого времени, когда я, чтобы отправиться за Фатимой на Ориент, стал послушником и просил принять меня в Орден. Медальон был завернут в тончайший, как паутина, сиреневый шелк; я понюхал его; он пах несказанно далеко и нежно, как в мечтах — принцессой и Востоком. Когда я вдыхал этот нездешний, тонкий, чарующий аромат, меня неожиданно и ярко озарило понимание того, в облаке какого прелестного волшебства я отправился тогда в паломничество на Восток, как оно оборвалось из-за хитроумных и, в общем, неведомых препятствий, как потом волшебство это отлетало от меня все дальше и какая пустыня, трезвость и нагое отчаяние были с тех пор воздухом, которым я дышал, моим хлебом, моим питьем! Я не различал уже ни портрета, ни шелка — такой плотной была завеса слез, льющихся у меня из глаз. Ах, сегодня, я это чувствовал, одних

* Принц [есса] Вост [ока] 2. Тыс [яча] [и одна] ночь 983. Сад наслажд [ений] *(лат.)*.

чар портрета арабской принцессы было бы уже недостаточно, чтобы заговорить меня от мира и ада и превратить в рыцаря и крестоносца; сегодня потребовалось бы другое, более сильное волшебство. Но какой сладкой, какой невинной, какой священной была та мечта, вослед которой отправилась моя младость, которая превратила меня в сказочника, музыканта, послушника и довела до Морбио!

Шум вернул меня к действительности. Я сиротливо всмотрелся в бесконечные глубины архивного пространства. Новая боль, новая мысль молнией пронзила меня: и я, простофиля, хотел написать историю Ордена, я, который не в состоянии расшифровать, уж куда там понять, и тысячной доли всех этих миллионов рукописей, книг, картин, знаков! Уничтоженным, чудовищно безмозглым, безумно смешным, не понимающим самого себя, съежившимся до размера пылинки показался я себе среди всего того, с чем мне позволили немного поиграть, чтобы я почувствовал, что такое Орден и что такое я.

Из множества дверей в бесконечном количестве показались Высшие; некоторых я узнал даже сквозь слезы. Я узнал мага Юпа, узнал архивариуса Линдхорста, Моцарта в костюме Пабло. Светлейшее собрание расселось по рядам кресел, поднимавшимся к возвышению в глубине и становившимся все уже; на вершине, где стоял трон, искрился золотой балдахин.

Выступивший вперед секретарь объявил:

— Орден в лице Высших готов судить самообвинителя Г., который призван был молчать о тайнах

Ордена и теперь понял, каким нелепым и кощунственным было его намерение написать историю путешествия, постичь смысл которого он не в силах, и историю Ордена, в существование которого он больше не верил и верность которому не сохранил. — Секретарь повернулся ко мне и звонким голосом глашатая спросил: — Согласен ли ты, самообвинитель Г., признать суд и подчиниться его решению?

— Да, — был мой ответ.

— Согласен ли ты, самообвинитель Г., — продолжал секретарь, — чтобы суд Высших судил тебя без Высшего из Высших, или ты требуешь, чтобы тебя судил сам Высший из Высших?

— Я согласен с приговором Высших вне зависимости от того, будет ли он вынесен под председательством Высшего из Высших или без оного, — сказал я.

Секретарь хотел было ответить, но вдруг из глубины зала прозвучал мягкий голос:

— Высший из Высших готов сам вынести приговор.

Непонятную бурю вызвало во мне звучание этого мягкого голоса. Из дали помещения, с пустынных горизонтов архива выступил человек; легкой и мирной была его походка, платье его искрилось золотом; при всеобщем молчании он приблизился; и я узнал эту походку, узнал эти движения, узнал, наконец, и лицо. То был Лео. В торжественном, роскошном облачении, словно папа, прошел он сквозь ряды Высших к трону. Как дивный заморский цветок нес он вверх по ступеням блистание своих одежд;

приветствуя его, поднимались ряды Высших, мимо которых он проходил. Бережно, смиренно, покорившись служению, нес он свое сверкающее достоинство, смиренно, как благочестивый папа или патриарх несет регалии своего сана.

Оцепенев, всем существом я ожидал приговора, который был готов смиренно принять вне зависимости от того, сулил ли он кару или помилование; не менее глубоко я был тронут и взволнован тем, что во главе Ордена стоял и собирался вынести мне приговор Лео, бывший носильщик и слуга. Но еще более взволнован, подавлен, поражен и счастлив был я великим открытием этого дня: Орден существует, как существовал искони, непоколебимый и такой же мощный; не Лео и не Орден покинули и разочаровали меня, а я, превратно истолковав то, что со мной случилось, был настолько слаб и глуп, что усомнился в Ордене и счел путешествие к земле Востока неудавшимся, а себя — уцелевшим и сохранившим завершившуюся и ушедшую в небытие историю, в то время как в действительности я был не кем иным, как отступником, неверным, дезертиром. Осознание этого вселяло в меня ужас и счастье. Маленький и смиренный, стоял я перед Высоким Собранием, которое некогда приняло меня в братья Ордена, посвятило в послушники, вручило мне перстень и, подобно слуге Лео, отправило в путешествие. И помимо всего еще один новый грех, еще одно необъяснимое упущение камнем легло мне на сердце: у меня пропал перстень, и я даже не знал, где и когда потерял его, до сегодняшнего дня я даже не вспоминал о нем!

Но заговорил Высший из Высших, заговорил сверкающий золотом Лео, он говорил красивым мягким голосом, мягко и благотворно лились его слова ко мне вниз, мягко и благотворно, как солнечный свет.

— Самообвинитель, — доносилось с высоты, — имел возможность избавиться от некоторых своих заблуждений. Многое говорит против него. Возможно, и понятно и весьма простительно, что он не сохранил верность Ордену, что свою собственную вину и ограниченность он вменил Ордену, что усомнился в его дальнейшем существовании, что возымел престранные амбиции стать историографом Ордена. Это все не такой уж и тяжкий грех. Это, да простит мне самообвинитель такое слово, лишь глупости послушника. Их можно загладить улыбкой.

Я глубоко вздохнул, и Высокое Собрание легко заулыбалось. То, что тягчайшие из моих грехов, даже безумную мысль о том, что Ордена больше нет и я единственный сохранил ему верность, Высший из Высших счел лишь «глупостями», ребячеством, принесло несказанное облегчение и вместе с тем неумолимо вернуло меня в мои границы.

— Однако, — продолжал Лео, и голос его стал мрачным и серьезным, — однако доказаны другие, намного более серьезные прегрешения обвиняемого, и самое худшее из них то, что он не только не обвиняет себя в этих проступках, но, кажется, вообще не осознает их. Он глубоко сожалеет, что несправедливо судил об Ордене, он не может себе простить, что не узнал в слуге Лео главу Ордена, и близок к тому, чтобы осознать размеры своего отступничества. Но, приняв эти грехи помыслов слишком близко к сердцу и только сейчас с облегчением понимая, что их можно сгладить улыбкой, он упорно забывает свои действительные прегрешения, имя им — легион, каждое из которых достаточно тяжко для того, чтобы обвиняемому была вынесена высокая мера наказания.

Сердце испуганно сжалось в моей груди. Лео обратился ко мне:

— Обвиняемый Г., позже вас ознакомят с вашими прегрешениями, вам также укажут путь, как избегать их в будущем. Только чтобы показать вам, как мало вы еще понимаете свое положение, я задам вам лишь один вопрос: помните ли вы прогулку по городу в сопровождении слуги Лео, который в качестве посыльного должен был привести вас сюда? Да, вы помните. А помните ли вы, как мы проходили мимо ратуши, мимо церкви Святого Павла, мимо собора и как слуга Лео вошел в него, чтобы преклонить колена и помолиться, а вы, вопреки четвертому пункту вашего обета, данного Ордену, не просто отказались войти вместе с ним и сотворить молитву, но с нетерпением, скучая, дожидались снаружи окончания обременительной церемонии, казавшейся вам такой ненужной, бывшей для вас лишь несносным испытанием вашего эгоистического нетерпения? Да, вы помните. Одним лишь своим поведением перед входом в собор вы проигнорировали требования и попрали все основные обычаи Ордена, пренебрегли религией, продемонстрировали презрение к брату по Ордену, с раздражением отмахнулись от возможности и приглашения совершить молитву и погрузиться в себя. Этот грех был бы непростителен, если бы в вашу пользу не говорили особые смягчающие обстоятельства.

Он попал в самую точку. Сказано было все, уже не второстепенное, не просто глупости. Он был более чем прав. Меня ударило в самое сердце.

— Мы не желаем, — продолжал Высший из Высших, — перечислять все прегрешения обвиняемого, судить должно не по букве; нам известно, что достаточно лишь нашего увещевания, и совесть обвиняемого пробудится, он станет раскаивающимся самообвинителем.

И все же, самообвинитель Г., не могу не посоветовать вам подвергнуть суду вашей совести еще некоторые поступки. Напомнить ли мне вам о вечере, когда вы пришли к слуге Лео и пожелали, чтобы он признал в вас брата по Ордену, хотя это было невозможно, ибо вы сами сделали себя неузнаваемым в таковом качестве? Напомнить ли вам, что вы рассказывали слуге Лео? Про продажу скрипки? Про отчаявшуюся, глупую, пустую, самоубийственную жизнь, которую вы вели долгие годы?

И еще об одном, брат Г., не могу умолчать. Вполне возможно, что в тот вечер слуга Лео в своих мыслях был к вам несправедлив. Слуга Лео, возможно, был слишком строг, слишком рассудочен, возможно, ему не хватило снисходительности и чувства юмора понять вас и ваше состояние. Но есть и более высокие инстанции, более непогрешимые судьи, чем слуга Лео. Каков был приговор твари о вас, обвиняемый? Помните ли вы пса Неккера?

Помните ли вы неприязнь и осуждение, которым он подверг вас? Он неподкупен, он беспристрастен, он не брат Ордена.

Лео умолк. Ну конечно, волкодав Неккер! Он действительно отнесся ко мне с неприязнью и осуждением. Я ответил «да». Приговор был вынесен, уже волкодавом, уже мною самим.

— Самообвинитель Г., — снова заговорил Лео, и теперь его голос из облака золотого сияния, исходящего от одежд и балдахина, звучал холодно и ясно, он пронзал, как голос Командора, являющегося в последнем акте к Дон Жуану. — Самообвинитель Г., вы меня выслушали. Вы ответили «да». Вы, как мы предполагаем, вынесли себе приговор.

— Да, — тихо сказал я. — Да.

— Вы, как мы предполагаем, вынесли себе обвинительный приговор.

— Да, — прошептал я.

Лео поднялся с трона и плавно развел руки.

— Теперь я обращаюсь к вам, о Высшие. Вы все слышали. Вы знаете о брате Г. все. Эта судьба не чужда вам, некоторым из вас довелось испытать ее на себе. До настоящего момента обвиняемый не знал или до конца не верил, что его отпадение и заблуждение было испытанием. Он долго не сдавался. Он долгие годы терпел, ничего не зная об Ордене, пребывая в одиночестве, видя, как все, во что он верил, погибло. В конце концов он решил не таиться дольше, не прятаться; его страдание стало слишком велико; а вы знаете, что, как только страдание становится слишком велико, дело движется вперед. Брата Г. через испытание довели до отчаяния, а отчаяние является результатом каждой серьезной попытки осмыслить и оправдать человеческую жизнь. Отчаяние есть результат серьезной попытки выстоять в жизни, не избегая добродетели, справедливости и здравого смысла, и исполнить ее требования. По эту сторону отчаяния живут дети, по ту сторону — пробужденные. Обвиняемый Г. уже не ребенок, но еще не пробужден. Он посреди отчаяния. Он пройдет через него, тем самым исполнив свое второе послушание. Мы снова приветствуем его в Ордене, постичь смысл которого он пока не дерзает. Мы возвращаем ему потерянный им перстень, сохраненный для него слугой Лео.

И секретарь поднес перстень, поцеловал меня в щеку и надел его мне на палец. Увидев перстень, ощутив его металлическую прохладу, я вспомнил тысячи вещей, тысячи непостижимых упущений. Прежде всего я вспомнил, что в перстень на одинаковом расстоянии друг от друга вделаны четыре камня и закон Ордена и обет повелевают по меньшей мере раз в день медленно поворачивать его на пальце и на каждом камне вспоминать одно из основополагающих предписаний обета. Я не просто потерял перстень, не просто не хватился его, я за все эти ужасные годы ни разу не произнес ни одного из четырех основных предписаний, я забыл о них. Я тут же попытался проговорить их про себя. Я угадывал их, они были во мне, они были как имя, которое человек вот-вот вспомнит, но которое пока ускользает от него. Нет, все во мне молчало, я не мог повторить этих правил, я забыл все слова. Я забыл их, я не повторял их много лет, я не следовал им много лет, не почитал их священными и, несмотря на это, мнил себя верным братом Ордена!

Заметив мою подавленность и жгучий стыд, секретарь одобрительно похлопал меня по плечу, и я снова услышал Высшего из Высших.

— Обвиняемый и самообвинитель Г., вы оправданы. Необходимо сообщить вам, что оправданный в таком процессе брат, доказав свою веру и послушание, обязан войти в круг Высших и занять среди них свое место. Отвечай же, брат Г., на мои вопросы. Готов ли ты в доказательство твоей веры приручить дикую собаку?

— Нет, я не смогу, — отпрянув, воскликнул я.

— Готов ли ты и желаешь ли ты по нашему приказанию немедленно сжечь архив Ордена, как сейчас на твоих глазах секретарь сожжет его часть?

Секретарь вышел вперед, обеими руками достал из безупречно систематизированных ящиков ворох карточек — сотни карточек — и, к моему ужасу, сжег их над жаровней.

— Нет, — отбивался я, — этого я тоже не смогу.

— Cave, frater, — сказал Высший из Высших, — знай же, опрометчивый брат! Я начал с самых легких заданий, для которых потребна ничтожно малая вера. Каждое последующее будет сложнее. Отвечай: готов ли ты и желаешь ли ты ознакомиться со сведениями архива, касающимися лично тебя?

Я похолодел, мне было трудно дышать. Но я понял: следующие вопросы будут лишь сложнее, и укрыться от них можно только в худшем. Я глубоко вздохнул и произнес:

— Да.

Секретарь подвел меня к столам, где стояли сотни ящиков с карточками; я поискал и нашел букву «Г», нашел свое имя, правда, сначала своего предка Эобана*, который четыреста лет назад тоже был членом Ордена; но прямо за ним следовало мое собственное имя с пометкой:

Chattorum r. gest. XC.
civ. Calv. infid. 49**

Карточка задрожала в моей руке. В это время Высшие один за другим поднялись со своих кресел; они протягивали мне руки, смотрели в глаза и постепенно расходились; Высокое Собрание опустело; наконец сошел и Высший из Высших; он тоже протянул мне руку, посмотрел в глаза и, улыбнувшись своей благочестивой улыбкой епископа и слуги, последним исчез из зала. Держа карточку в левой руке, я остался наедине с архивом.

Я не мог заставить себя пошевелиться и достать из архива свое дело. Нерешительно стоял я в пустом зале и смотрел на длинные ряды ящиков, шкафов, ниш, кабинетов — сокровищницу ценнейших знаний, столь для меня важных. Из страха перед своей карточкой и повинуясь горячему желанию узнать все, я решил ненадолго

---

* Гуманист эпохи Возрождения Гелий Эобан Гесс (наст. фамилия Кох) (1465–1540).

** Деяния хаттов XC. Невер [ный] гражд [анин] Кальв [а] 49 *(лат.)*.

отложить собственное дело и выяснить сперва кое-что важное для меня и моей истории путешествия к земле Востока. Хотя в общем-то я уже понял, что эта моя история осуждена, погребена и что я никогда не допишу ее до конца. Но я был еще очень любопытен.

В одном из ящиков я увидел торчащий уголок криво вставленной карточки. Я подошел и вытащил ее, на карточке значилось:

Морбио Инфериоре.

Никакие другие слова не могли лаконичнее и точнее отразить самую суть того, что так меня интересовало. С сердечным трепетом я нашел в архиве нужное место. В разделе было довольно много документов. Сверху лежала копия описания ущелья Морбио из старой итальянской книги. За ней следовал лист в четвертую долю с краткими сведениями о той роли, которую сыграло Морбио в истории Ордена. Все сведения имели отношение к путешествию к земле Востока, и именно к тому его этапу, в котором я участвовал, и к той группе, в которую я входил. Наша группа, как было указано здесь, по ходу своего движения добралась до Морбио, но там подверглась испытанию, которого не выдержала: исчезновению Лео. Хотя мы должны были руководствоваться предписаниями Ордена, хотя его правила сохраняли свою силу даже в случае, если подразделение останется без наставника и перед выступлением в путь мы получили строжайшее указание выполнять эти предписания, вся наша группа, обнаружив исчезновение Лео, потеряла рассудок и веру, погрузилась в отчаяние и пустопорожние споры и в конце концов в вопиющем противоречии с духом Ордена раскололась и рассеялась. Такое объяснение неудачи в Морбио уже не могло меня сильно удивить. Но я был крайне изумлен тому, что прочитал о расколе группы дальше. А именно: не менее чем трое из нас, братьев Ордена, предприняли попытку составить историю нашего путешествия и изложить происшедшее в Морбио. Одним из этих троих был я, и в ящике лежала беловая копия моей рукописи. Две другие я прочел с самыми странными чувствами. В сущности, оба автора описывали события тех дней приблизительно так же, как и я, и все же говорили они словно о другом! У одного я прочел:

«Именно исчезновение слуги Лео резко и жестоко обнажило бездну беспомощности и разногласий, раздиравших наше до тех пор якобы прочное единство. Некоторые из нас знали или сразу догадались, что Лео не стал жертвой несчастного случая и не бежал, но что его тайно отозвал Орден. Однако о том, как скверно мы выдержали это испытание, конечно, ни один из нас не может вспоминать без глубочайшего раскаяния и стыда. Едва Лео оставил нас, иссякла и наша вера, и наше единодушие; словно из невидимой раны из нас вытекла красная кровь жизни. Сперва обозначились различные мнения, затем начались открытые препирательства по самым пустым и смехотворным поводам. Я помню, например, как наш любезный и заслуженный капельмейстер скрипач Г. Г. вдруг принялся утверждать, что сбежавший Лео унес в своем мешке в числе прочих ценностей и древний священный устав Ордена, написанный рукой самого Мастера! Вполне серьезные споры по этому вопросу продолжались несколько дней. С символической точки зрения абсурдное утверждение Г., правда, имело некий знаменательный смысл: дело и впрямь обстояло так, будто с уходом Лео наша небольшая группа совершенно лишилась благословения Ордена и связи с целым. Печальный пример явил собой этот музыкант Г. Г.! До Морбио Инфериоре один из самых верных и верующих братьев Ордена — кроме того, его любили как музыканта, и, несмотря на некоторые слабости характера, он был одним из самых жизнелюбивых наших братьев, — теперь он впал в брюзжание, уныние и мнительность, более чем небрежно стал относиться к своим обязанностям и в конце концов стал невыносимым, нервным, нетерпимым. Когда он наконец отстал и больше не появился, никому и в голову не пришло останавливаться и искать его, позорное бегство было очевидно. К сожалению, он был не единственным, и скоро от нашей небольшой группы не осталось ничего...»

У другого историка я нашел такое место:

«Как со смертью Цезаря — Древний Рим или как с изменой Вильсона — мировая демократическая мысль, так рухнул с наступлением этого несчастного дня в Морбио и наш Орден. В той мере, в какой можно говорить здесь о вине и ответственности, виновны в этом крушении были два, по видимости, безобидных брата — музыкант Г. Г. и Лео, один из слуг. Оба, до тех пор пользовавшиеся всеобщей любовью и верные приверженцы Ордена, хотя и не понимавшие его всемирно-исторического значения, в один прекрасный день бесследно исчезли, прихватив с собой некоторые ценные вещи и документы, что позволяет заключить, что несчастные были подкуплены могущественными противниками Ордена...»

Если уж память этого историографа настолько помутилась и извратилась, хотя он очевидно писал свой труд вполне искренне и был уверен в собственной правоте, то что уж говорить о ценности моих заметок? Если бы обнаружилось еще десять других свидетельств других авторов о Морбио, о Лео, обо мне, вероятно, все десять противоречили бы друг другу и были бы полны взаимных подозрений. Нет, все наши историографические усилия — пустое, нет никакого смысла их продолжать, нет никакого смысла их читать, можно спокойно оставить их пылиться в этом архивном ящике.

При мысли о том, что мне, возможно, еще предстояло узнать за ближайший час, меня охватил ужас. В этих зеркалах все и вся плыло, менялось и искажалось; как насмешлив и недостижим был лик правды, таившейся за этими отчетами, отчетами-опровержениями, легендами! Можно ли еще хоть что-то считать правдой, можно ли еще хоть чему-то верить? И что же останется, если я узнаю архивные сведения о себе самом, о моей собственной персоне и истории?

Я должен быть готов ко всему. И вдруг, не в силах далее переносить неизвестность и страх ожидания, я поспешил к отделу Chattorum res gestae, нашел свой раздел и номер и встал там, где значилось мое имя. Это была небольшая ниша; я откинул тонкую завесу, но не обнаружил за ней никаких письменных документов. Там находилась лишь одна фигурка — старая, поблекшая, тронутая временем деревянная или восковая статуэтка, что-то вроде божка или языческого идола, на первый взгляд показавшаяся мне совершенно непонятной. Точнее, фигурка состояла из двух, сросшихся спинами. С разочарованием и изумлением какое-то время я не отрываясь смотрел на нее, потом заметил на стене ниши свечу, закрепленную в металлическом подсвечнике. Возле нее лежали спички, я зажег свечу, и странная двойная статуэтка осветилась.

Медленно она открывалась мне. Медленно и постепенно я начинал догадываться, а затем и понимать, что она изображает. Она изображала некое существо — меня, и я на этом моем портрете был неприятно хилым и полуреальным, с размытыми и какими-то расползающимися чертами, общее их выражение было слабым, словно я умирал или желал умереть, статуэтка походила на скульптурную аллегорию Бренности, или Разложения, или чего-то в этом роде. Однако вторая фигурка, слившаяся со мной в одно целое, цвела яркими красками и формами, и когда я начал догадываться, на кого она похожа, а именно — на слугу и Высшего из Высших Лео, — то заметил на стене еще одну свечу и зажег и ее. Теперь я не только отчетливее видел двойное изображение, теперь статуэтка не только еще больше поразила меня сходством, теперь я заметил также, что ее поверхность прозрачна и можно даже заглянуть внутрь, как смотрят сквозь стекло бутылки или вазы. И я увидел, как внутри фигур что-то шевелится, медленно, бесконечно медленно шевелится, как если бы это была уснувшая змея. Там что-то происходило, что-то похожее на очень медленное, плавное, но непрерывное течение или таяние, причем таяние или перетекание не прекращалось, и я понял, что мой образ скоро совсем растворится и переплывет в образ Лео, питая его и усиливая. Казалось, через какое-то время мое изображение полностью перетечет в его и останется только одно: Лео. Ему должно было расти, мне — умаляться.

Всматриваясь, я пытался понять то, что вижу, и вдруг вспомнил один незначительный разговор, как-то состоявшийся у меня с Лео в праздничные дни в Бремгартене. Мы говорили о том, что вымышленные образы обычно оказываются живее и реальнее своих творцов.

Свечи догорели и погасли; я почувствовал бесконечную усталость, меня непреодолимо клонило в сон, и я отвернулся, чтобы найти место, где мог бы прилечь и уснуть.

Содержание

Литературно-художественное издание

Гессе Герман

Сиддхартха

Путешествие к земле Востока

Ответственный редактор *И. Горяева*
Технический редактор *Н. Духанина*
Компьютерная верстка *З. Полосухина*
Корректор *Е. Будаева*

Общероссийский классификатор продукции
ОК-034-2014 (КПЕС 2008); 58.11.1 — книги, брошюры печатные

Произведено в Российской Федерации. Изготовлено в 2026 г.

Изготовитель: ООО «Издательство АСТ»
129085, г. Москва, Звёздный бульвар, д. 21, стр. 1, комн. 705, пом. 1, эт. 7
Наш электронный адрес: **www.ast.ru**
E-mail: **ask@ast.ru**
ВКонтакте: **vk.com/ast_neoclassic**
Интернет-магазины: **www.chitai-gorod.ru**; **www.bookvoed.ru**

«Баспа Аста» деген ООО
129085, Мәскеу қ., Жулдызды гүлзар, 21-үй, 1-құрылыс, 705-бөлме, I жай, 7-қабат
Біздің электрондық мекенжайымыз: **www.ast.ru** E-mail: **ask@ast.ru**
Интернет-дүкен: www.book24.kz

Импортер в Республику Казахстан и Представитель по приему претензий
в Республике Казахстан — ТОО «РДЦ-Алматы»
Қазақстан Республикасындағы импорттаушы «РДЦ-Алматы» ЖШС

Қазақстан Республикасында дистрибьютор және өнім бойынша арыз-талаптарды
қабылдаушының өкілі «РДЦ-Алматы» ЖШС,
Алматы қ., Домбровский көш., 3 «а», литер Б, офис 1

Тел.: **8(727) 251-59-89(90,91,92)**, факс: **8(727) 251-58-12**, вн. **107**
E-mail: **RDC-Almaty@eksmo.kz**, **www.book24.kz**
Өнімнің жарамдылық мерзімі шектелмеген.

Өндірген мемлекет: Ресей
Сертификация қарастырылмаған

Подписано в печать 02.06.2026. Формат 76x100 1/32.
Гарнитура «Newton». Печать офсетная. Усл. печ. л. 9,85.
Доп. тираж 15 000 экз. Заказ № 2963/26.

Отпечатано в Обществе с ограниченной ответственностью
«Можайский полиграфический комбинат»
143200, Россия, г. Можайск, ул. Мира, 93.
www.oaompk.ru, тел.: 8(49564) 28-619

ISBN 978-5-17-091562-0

ЧИТАЙ ГОРОД

9 785170 915620 >

16+